William Shakespeare

Hamlet
O príncipe da Dinamarca

Tradução e adaptação de
Leonardo Chianca

Ilustrações de
Wanduir Duran

editora scipione

Gerência editorial
Sâmia Rios

Edição
Ângelo Alexandref Stefanovits

Revisão
Cesar G. Sacramento,
Ivonete Leal Dias e
Nair Hitomi Kayo

Coordenação de arte
Maria do Céu Pires Passuello

Diagramação
Fábio Cavalcante

Programador visual de capa e miolo
Didier Dias de Moraes

editora scipione

Av. das Nações Unidas, 7221
Pinheiros
CEP 05425-902 – São Paulo – SP

ATENDIMENTO AO CLIENTE
Tel.: 4003-3061

www.coletivoleitor.com.br
e-mail: atendimento@aticascipione.com.br

2024
ISBN 978-85-262-4189-3 – AL
CL: 734026
CAE: 225771
2.ª EDIÇÃO
27.ª impressão

Impressão e acabamento
Log&Print Gráfica, Dados Variáveis e Logística S.A.

Traduzido e adaptado de *Hamlet, prince of Denmark*, em *The complete works of William Shakespeare*. Garden City/New York: Nelson Doubleday, 1968.

Dados Internacionais de Catalogação na Publicação (CIP)
(Câmara Brasileira do Livro, SP, Brasil)

Shakespeare, William, 1564-1616.

Hamlet: o príncipe da Dinamarca / William Shakespeare; tradução e adaptação em português de Leonardo Chianca. – ilustrações de Wanduir Duran. – São Paulo: Scipione, 2001. (Série Reencontro literatura)

Título original: *Hamlet, prince of Denmark*.

1. Literatura infantojuvenil I. Chianca, Leonardo. II. Duran, Wanduir. III. Título. IV. Série.

99-1152 CDD-028.5

Índices para catálogo sistemático:
1. Literatura infantojuvenil 028.5
2. Literatura juvenil 028.5

• ● •

Ao comprar um livro, você remunera e reconhece o trabalho do autor e de muitos outros profissionais envolvidos na produção e comercialização das obras: editores, revisores, diagramadores, ilustradores, gráficos, divulgadores, distribuidores, livreiros, entre outros.
Ajude-nos a combater a cópia ilegal! Ela gera desemprego, prejudica a difusão da cultura e encarece os livros que você compra.

• ● •

SUMÁRIO

Quem foi William Shakespeare? 4
Capítulo I 6
Capítulo II 11
Capítulo III 15
Capítulo IV 18
Capítulo V 21
Capítulo VI 24
Capítulo VII 30
Capítulo VIII 33
Capítulo IX 39
Capítulo X 46
Capítulo XI 52
Capítulo XII 62
Capítulo XIII 64
Capítulo XIV 70
Capítulo XV 75
Capítulo XVI 82
Capítulo XVII 84
Capítulo XVIII 89
Capítulo XIX 96
Capítulo XX 101
Quem é Leonardo Chianca? 112

QUEM FOI WILLIAM SHAKESPEARE?

Nascido em 1564 em Stratford-upon-Avon, Inglaterra, muito cedo Shakespeare aprendeu, além da língua materna, o grego e o latim, fundamentais na sua época para a leitura de livros, a sua grande paixão. Decifrou a Bíblia ainda criança, assim como leu, com avidez, poemas, novelas e crônicas históricas, de diversos lugares da Europa.

Quando tinha 12 anos, seu pai, o velho John de Stratford, até então abastado e poderoso, viu-se em sérias dificuldades econômicas, obrigando seu jovem filho a trabalhar num abatedouro de animais, onde tinha como tarefas... esquartejar bois e abater carneiros!

Aos 18 anos, porém, a situação do garoto William modificou-se bastante: ele se casou com a filha de um rico agricultor. Com Anne Hathaway teve três filhos, duas meninas e um menino de nome Hamnet, que morreu precocemente aos 11 anos de idade (bastaria trocar uma letra do nome para formar Hamlet!).

Em 1587, aos 23 anos, Shakespeare partiu sozinho para Londres, não se sabe ao certo por que motivo. Sabe-se, contudo, que daí em diante sua trajetória pessoal ganharia novos rumos. Confiante em seu propósito de entrar para uma companhia teatral, foi trabalhar como guardador de cavalos defronte ao primeiro teatro londrino. De tanto insistir junto ao proprietário do estabelecimento, acabou conseguindo seu primeiro papel como ator. Pouco tempo depois, passou a adaptar textos alheios para o teatro. Com talento e um pouco de sorte, logo Shakespeare apresentou suas primeiras peças, levando, em 1591, *Henrique VI* aos palcos da capital inglesa.

Até 1600 Shakespeare escreveu alguns dramas históricos e comédias, sendo *Romeu e Julieta* a única tragédia desse período. Em seguida adveio a chamada "fase sombria"; após alguns infortúnios pessoais (como a morte do pai, por exemplo) escreveu as suas maiores obras, grandes tragédias como *Hamlet, Otelo, O rei Lear* e *Macbeth*. Ao final de sua vida, voltou a Stratford-upon-Avon, onde faleceu, em 1616, aos 52 anos de idade.

A Inglaterra renascentista é intensamente retratada em sua obra, mesmo nas peças em que a trama se desenvolve em outras terras, como em *Romeu e Julieta* (Verona), *Muito barulho por nada* (Messina), *Otelo, o mouro de Veneza*, *Sonho de uma noite de verão* (Atenas) e este *Hamlet, o príncipe da Dinamarca*. Foi numa Inglaterra em franca transição (fim da Idade Média e fortalecimento da monarquia) e expansão (territorial, econômica) que Shakespeare viveu. A sua obra retrata a paisagem humana de seu tempo, um mundo de cortesãos, de intrigantes e de ambiciosos, de traficantes e de hipócritas, de aventureiros e de traidores, de fanfarrões e de covardes, de fidalgos corruptos e de burgueses gananciosos. Esses personagens ganham vida em sofisticadas tramas, através das quais o espectador-leitor desfruta, divertindo-se ou angustiando-se, as suas lutas, suas intrigas, suas alegrias e seus sofrimentos, seus esplendores e suas misérias. Exatamente como vemos nesta obra.

Hamlet é um dos personagens mais cultuados de toda a história do teatro e da literatura universal. A peça é considerada a grande obra-prima de Shakespeare, "disputando o trono" com *O rei Lear*.

Escrita por volta de 1600, *Hamlet* mantém até os dias de hoje todo o seu fascínio. Narra uma história emocionante e reflexiva sobre a fragilidade da existência humana, sobre a vida e a morte. Permite interpretações e apreciações diversas, propiciando ao leitor ou ao espectador novos significados a cada leitura ou assistência. Isso porque, nas palavras de Shakespeare, ou melhor, nas palavras de Hamlet, "o objetivo do teatro, o intuito da representação em sua origem e nos dias de hoje era e ainda é o de exibir um espelho à natureza, à vida; era e é o de mostrar à virtude suas próprias feições, mostrar ao ridículo sua verdadeira imagem, e a cada época e a cada geração mostrar sua forma e características".

Capítulo I

Por volta de 1600, no Reino da Dinamarca, no norte da Europa, a corte estava de luto: Hamlet, o grande rei, estava morto. Inconsolável, seu filho de mesmo nome, príncipe da Dinamarca, consumia-se por dentro, desgostoso com os fatos recentes. Como se não bastasse a perda do pai, sua mãe, a rainha Gertrudes, casara-se com seu tio Cláudio, irmão do finado rei, que, dessa forma, apossou-se do trono. Lembranças contraditórias atordoavam o jovem Hamlet: funeral e casamento, tristeza e júbilo, lágrimas e sorrisos... Ah! Que pressa infame de entregar-se a um amor incestuoso!

Fazia frio na noite estrelada de Elsinor – ou Helsingør, como dizem os dinamarqueses. Muito frio. As mãos dos soldados quase queimavam ao tocar as gélidas pedras arenosas dos muros do castelo. No alto das muralhas do Kronborg, Francisco estava de sentinela. Caminhando solitário pela plataforma estreita ao lado das ameias, ele ouve o bater de solas vindo em sua direção. Antes que possa esconder-se, alguém lhe grita:

– Quem está aí?

– Eu é que pergunto... – retruca Francisco. E tentando reagir, ordena: – Alto! Diz quem é ou...

– Viva o rei! – saúda o recém-chegado.

– Bernardo! – responde Francisco, aliviado depois de ouvir a senha da noite. – Chegou bem na hora... – diz, advertindo para o sino que soa ao longe. – Já é meia-noite.

– Vai pra cama, Francisco. Repousa esse corpo que deve estar cansado e doído de vento tão frio.

– Obrigado por me render, o frio está mesmo de cortar a alma.

– Correu tudo em paz no seu turno de guarda?

– Nem mesmo um rato se mexeu.

– Então vá... E se encontrar Marcelo e Horácio, diga que se apressem, pois os aguardo para a vigília.

– Parece que já vêm... – avisa Francisco ao ouvir alguns passos. – Alto! Quem está aí?

– Viva o rei! – responde Marcelo, outro oficial.

– Horácio está contigo'? – pergunta Bernardo.

– Só um pedaço dele... – responde Horácio, brincando. – O resto ainda dorme.

– Bem, assim então os deixo com a noite e o que mais vier com ela... – diz Francisco ao despedir-se. – Vou estirar os ossos num estrado quente do meu canto.

Horácio havia sido convidado pelos três oficiais para testemunhar e compartilhar a mesma experiência vivida pelos sentinelas em noites anteriores: a visão de um fantasma. Não uma aparição qualquer: tratava-se do espírito do finado rei, estavam certos disso.

– Horácio diz que é fantasia nossa – explica Marcelo, o mais impressionado dos oficiais. – Ele não acredita na horrenda visão que tivemos.

– Mas... e se for verdade? Que querem que eu faça? – pergunta Horácio, ainda sem entender por que fora chamado.

– Que fale com ele! – responde Bernardo, pois sabe que Horácio desfruta de certa intimidade com a família real.

– Ora, deixem disso... Não vai haver aparição alguma! – retruca Horácio, ainda não acreditando no relato dos oficiais.

– É o que pensa... – reage Bernardo. – Caminhemos um pouco enquanto lhe conto o que vimos... – E empunhando sua partasana, sai com os outros para a ronda.

Bernardo e Marcelo relatam ao cético Horácio o que viram, juntamente com Francisco, nas duas noites anteriores. Assim caminham os três pela plataforma quando, ao soar o sino da primeira hora da madrugada, veem surgir, aos pés de um torreão, uma nebulosa imagem. Marcelo assusta-se:

– Silêncio! Parem... Olhem, lá está ele de novo!

– E tem a aparência do nosso rei... Ou melhor: de nosso finado rei! – corrige-se Bernardo.

– E então? – indaga Marcelo. – Acredita agora no que dissemos?

– Incrível! – admite Horácio, surpreso e assustado com o que vira.

Os olhos de Horácio não podiam crer em tamanha semelhança. Aquele era o próprio rei morto, revestido de armadura da cabeça aos pés e empunhando um bastão de marechal!

Marcelo e Bernardo queriam a todo custo que Horácio falasse com o espectro, alegando que um espírito falaria apenas se antes lhe dirigissem a palavra. E Horácio, amigo do jovem Hamlet e por isso pessoa próxima à família real, era o homem ideal para fazê-lo.

– Vamos, fale com ele – pede Bernardo.

– Vai, Horácio... Ele quer que lhe falem! – Marcelo implora.

Ciente de sua responsabilidade, Horácio decide enfrentar o espectro:

– Quem é você? Como ousa aparecer a esta hora da noite, em trajes de nobre guerreiro, tal como se vestia o sepulto rei da Dinamarca em suas marchas? Por que este silêncio diante de nós? Pelos céus, eu ordeno: fale!

Mas o fantasma, parecendo ofender-se com as palavras a ele dirigidas, vira-lhe as costas e sai, desaparecendo em meio à névoa da mesma forma como havia surgido.

– E então, Horácio, por que está tremendo tanto? – Bernardo provoca o visitante da ronda noturna, até há pouco incrédulo quanto ao que diziam sobre a aparição. – Está pálido... Ainda acha que era fantasia nossa?

– Não era igual ao rei? – Marcelo quer que ele confirme suas impressões.

– Como se estivesse diante de um espelho – admite Horácio, reconhecendo a extraordinária importância do fato ali presenciado. – A armadura era a mesma que usava para combater o ambicioso rei da Noruega. Até o franzir dos olhos era igual! É estranho, muito estranho...

A conturbada expressão do semblante de Horácio levou Marcelo a iniciar uma reflexão. Pensava ele que algum mistério rondava a corte. Lembrou-se das insistentes vigílias que se faziam em todo o reino, como se uma ameaça pairasse no ar.

Recordou-se de que estavam fundindo novos canhões durante o dia e comprando armamentos no estrangeiro, além do trabalho forçado e incessante dos obreiros navais... "O que nos aguarda? Por que tanto suor?", refletia Marcelo.

– Talvez eu possa esclarecer o que se passa... – interferiu Horácio. – Nosso último rei, cuja imagem nos apareceu há pouco, foi desafiado ao combate por Fortimbrás, antigo rei da vizinha Noruega. Isso se deu há muitos anos e, como todos sabem, nosso valente rei Hamlet, pai de nosso amado príncipe, matou Fortimbrás, que, além de perder a vida, perdeu quase todas as suas terras.

– Houvesse Fortimbrás vencido – esclareceu Marcelo –, nós é que teríamos perdido nossos territórios... Por sorte deu-se o contrário e a Dinamarca venceu.

– Pois é, caro Marcelo, mas é aí que reside o problema...

– Como assim, Horácio?

– Calma, eu explico...

A hipótese levantada por Horácio era a de que o jovem Fortimbrás, príncipe da Noruega, movido pelo mais terrível desejo de vingar o pai, tivesse recrutado um exército de renegados, estando decidido a reaver os territórios perdidos por seu país.

– Acredito que esta seja a causa de tantos preparativos em nosso Estado, a origem do tumulto febril que agita o país – concluiu Horácio.

– E este deve ser o motivo de nossa espantosa visão – deduz Bernardo. – Por isso o fantasma veio nos assombrar!

– Exatamente, meus amigos... O que vimos é um sinal de que fatos sinistros ocorrem em nosso reino, de que desgraças estão por vir... – Horácio prevê. – Uma catástrofe se forma diante de nossos olhos... Aaai!!! Olhem!!

Assustados, os três observam a volta da aparição. Desta vez, Horácio toma a iniciativa, aproximando-se decididamente do espectro. Mas este, como se quisesse contê-lo, abre os braços e gesticula para que não se aproxime. Horácio exige que a aparição lhes fale e lhes conte algum segredo sobre o destino do reino. Nesse instante, um galo canta, antecipando a manhã que se anunciava para breve. Sem nada dizer, o fantasma desaparece novamente.

– Como somos tolos em falar assim com uma Majestade... Ele ia dizer algo quando o galo cantou... – Marcelo se arrepende por não terem sido mais decididos e ágeis.

Consternados, os sentinelas não sabem o que fazer. É Horácio quem propõe:

– Acho que devemos comunicar o ocorrido ao jovem Hamlet, contar-lhe tudo o que aconteceu esta noite. Aposto que esse espírito, mudo para nós, irá falar com ele! E agora vamos... A manhã já se faz presente e temos muito o que fazer!

Capítulo II

Na sala de cerimônias do Kronborg, o Conselho Real reúne-se pela primeira vez desde a morte do velho rei Hamlet e do casamento da rainha Gertrudes com Cláudio, irmão do finado rei, aclamado soberano da Dinamarca há poucos dias. Ao som de trombetas, entram na sala o rei e a rainha. Seguem-se a eles Polônio, principal conselheiro de Cláudio – função equivalente a de um primeiro-ministro – e seu filho Laertes, que viera da França apenas para assistir à coroação do rei. Atrás de Laertes, entram diversos conselheiros e cortesãos, todos vinculados à corte, com poderes e responsabilidades em maior ou menor grau.

Por fim, contrastando com o traje formal dos demais, entra Hamlet, cabisbaixo e inteiramente vestido de preto. Parece ser o único a ainda viver o luto pelo pai. Incomodado com a apresentação do sobrinho, Cláudio vê-se obrigado a se pronunciar:

– Embora a morte recente de meu querido irmão ainda esteja tão fresca em nossa memória e em nossos corações, precisamos agir com a razão.

Vendo que o semblante de Hamlet permanece cerrado, o rei tenta se explicar melhor:

– Todo o reino lamentou a perda de nosso rei, mas não podemos eternizar-nos no luto. Sempre o recordaremos, mas precisamos pensar em nossas vidas, que continuam!

Na verdade, Cláudio estava mais preocupado em justificar sua ascensão ao trono, em prejuízo do príncipe Hamlet, herdeiro natural.

– Tomei por esposa quem foi minha cunhada, a rainha, viúva de nossa guerreira nação... – prossegue Cláudio. – Dessa forma, tenho em mim uma alegria ensombrecida ou, como se diz, um olho radiante e outro lacrimoso – Cláudio se justifica. E finaliza: – Creio que o resultado é justo e equilibrado: de um lado o prazer e de outro a mágoa.

Todo o Conselho ouvia as palavras do rei em silêncio e com satisfação, demonstrando apoio ao novo mandatário. Dentre eles, Polônio era o mais eufórico com o desenrolar dos fatos, o que denunciava sua participação nas possíveis conspirações para a ascensão de Cláudio.

Enquanto Hamlet permanecia sério e desolado, até mesmo alheio à fala do rei, a rainha Gertrudes, sua mãe, assentia às palavras do marido, demonstrando sua aprovação.

Dando por encerrado o tema de sua coroação, Cláudio passa a tratar de assuntos de Estado, relembrando as recentes atitudes de Fortimbrás, o príncipe da Noruega:

– O jovem Fortimbrás pensa que agora, com a morte de meu irmão, a Dinamarca está enfraquecida e desunida. Ele imagina estar em condição superior, e exige que lhe devolvamos as terras perdidas por seu pai ao nosso guerreiro rei Hamlet... Está muitíssimo enganado! – irrita-se Cláudio. – Envio neste momento uma carta ao rei da Noruega, tio do príncipe – ele anuncia, erguendo o documento –, exigindo que impeça o sobrinho de prosseguir com seus infames planos, já que reuniu um exército dentro de seu próprio território!

Cláudio chama, então, Cornélio e Voltemando, cortesãos de sua confiança, ordenando que sigam com o documento para a Noruega, negando-lhes poder para negociar alguma cláusula. Em seguida, retornando aos assuntos internos, dirige-se a Laertes, que já manifestara o desejo de lhe falar. Cláudio trata com amabilidade o filho de Polônio, demonstrando assim sua dívida para com o fiel conselheiro.

– Bem, meu senhor – diz Laertes, respeitosamente –, peço-lhe permissão e proteção para regressar à França, onde darei continuidade a meus estudos na Universidade de Paris.

– Você tem a licença de seu pai? – pergunta o rei. E voltando-se para Polônio: – O que acha, meu caro?

– Eu concordo, meu senhor... Dessa forma, suplico que o autorize a partir.

– Pois então escolha a melhor hora, Laertes – autoriza Cláudio, para satisfação do rapaz. – Você é jovem, o tempo lhe pertence...

Finalmente, Cláudio volta-se mais uma vez para Hamlet:

– E você, meu querido Hamlet, meu sobrinho e filho...

Hamlet sente-se mal com a forma como seu tio se dirige a ele. Sussurra, amargurado, sem que ninguém o ouça:

– Algo mais que parente e muito menos do que filho! – Afinal, Cláudio não é mais apenas seu tio, mas está muito longe de ser seu pai...

O rei percebe que Hamlet resmungara algo, e sente-se incomodado com a postura do sobrinho. Ainda assim, manifesta interesse em ajudá-lo:

– Por que essas nuvens tão pesadas sobre o seu rosto, meu rapaz?

– Não são nuvens, senhor. É que estou me protegendo do sol... – disfarça Hamlet. E se lamenta, falando baixinho e para si: – Estou cansado de que me olhem tanto...

Mas Gertrudes ouve sua queixa e identifica a raiva que o filho carrega contra o rei:

– Meu querido filho – ela diz, carinhosa –, abra o coração e olhe ao menos com amizade para o rei da Dinamarca!

Diante do silêncio do filho, a rainha prossegue:

– Vai passar a vida toda procurando seu pai em meio ao pó? Aceite a morte como algo natural... Você fica se lamuriando pelos cantos, chamando a atenção de todos... Não sei, meu querido, assim tem-se a impressão de que só você sofre, que a dor é só sua!

– A senhora não entende, minha mãe... Não é o meu luto, nem meus suspiros, nem as lágrimas que descem dos meus olhos... – responde Hamlet, com a vista marejada. – Essa é a minha dor, a minha verdade... Eu não interpreto nem represento nada! – encerra, insinuando que a mãe não compartilhava dos seus sentimentos.

Reforçando as palavras da rainha, Cláudio suplica a Hamlet que não seja imaturo, que se conforme com a perda do pai e o aceite como um novo protetor. Para demonstrar sua confiança, indica Hamlet como herdeiro imediato do trono, tornando público seu voto. Por fim, pede ao jovem que fique em Elsinor, que não volte à Universidade de Wittenberg, na Alemanha.

– Fique, meu filho – reitera a rainha. – Eu lhe imploro: não vá para Wittenberg.
– Farei o melhor que posso... Por ora, lhes obedecerei! – Hamlet acata.
– Esta é a melhor notícia do dia! – exalta-se o rei. – Não poderíamos ouvir resposta mais compreensiva e carinhosa. Permaneça na Dinamarca como se rei também fosse, meu filho! – completa Cláudio, antes de estender a mão à rainha, preparando sua saída. – Brindarei à felicidade da corte! Venham todos!

Encerrada a reunião do Conselho Real, o rei deixa a sala, ao som de trombetas, seguido pela rainha, por Polônio, Laertes e demais conselheiros e cortesãos. Apenas Hamlet permanece.

Capítulo III

Hamlet perambula pelo castelo, atravessando corredores sem se dar conta de quem encontrava pelo caminho, tão absorto estava em seus conflitantes pensamentos.

Como repetidas vezes fazia, decide refugiar-se na capela, esconderijo onde poderia consumir-se em seu torturante sofrimento. Sente-se mal e quer dar fim àquela dor, talvez pondo fim à própria vida. Mas a ideia de suicídio é logo descartada, por considerá-la um pecado sem perdão, uma afronta ao Todo-Poderoso.

Hamlet remói-se por dentro diante dos fatos mais recentes; chega a sentir repulsa por seus parentes mais próximos. "Dois meses apenas... Nem isso!", Hamlet se recorda da morte do pai. "E menos de um mês depois ela já se casou novamente...", pensa, amargurado, em sua mãe. "Mulher fraca como todas as mulheres!", generaliza. Hamlet lamenta as lágrimas hipócritas por ela derramadas e condena sua "pressa infame em correr para um leito incestuoso" – afinal, casamentos entre cunhados tinham impedimento canônico, sendo proibidos pela Igreja, tanto a Católica como a Protestante.

"Isso não vai acabar bem...", refletia Hamlet, com o coração doído, antes de ser abordado por Horácio:

– Salve, meu bom amigo!

– Horácio, que bom vê-lo ainda em Elsinor... – Hamlet o saúda, estendendo o cumprimento a Marcelo e Bernardo, os oficiais que acompanhavam Horácio. – E então, amigo, o que faz ainda nesta cidade? Por ora, terei de ficar por aqui... Mas você... o que está esperando para voltar a Wittenberg?

– Creio que é a minha inclinação à vadiagem – Horácio brinca. Mas logo volta à seriedade: – Como sabe, vim para assistir aos funerais de seu pai.

– Quer dizer que veio assistir ao casamento de minha mãe! – retruca Hamlet, com ironia.

– Bem, isso é verdade... – admite Horácio. – Um veio logo em seguida ao outro.

– Foi por economia... – Hamlet prossegue, ainda irônico. – Os assados do velório ainda puderam ser servidos como frios no banquete nupcial. Preferia estar morto a ter assistido a tamanha infâmia! – explode o príncipe. – Estou vendo a cara do meu pai!

– Está vendo? Onde? – assusta-se Horácio, segurando-se em Marcelo e Bernardo.

– Em meu pensamento... Ora, amigo, onde mais poderia vê-lo?

– Espantei-me porque eu realmente o vi, meu príncipe!

– Viu quem, Horácio?

– O rei, seu pai!

– Meu pai? O rei?

– Sim... Ouça-me com atenção, pois lhe contarei tudo! Foi maravilhoso... E estes homens aqui comigo – Horácio aponta para Marcelo e Bernardo, que apenas ouviam e assentiam –, os dois são testemunhas do que digo.

– Pelo amor de Deus, chega de rodeios e conte-me logo! Sou todo ouvidos... Fale!

Horácio pôs-se a narrar os fatos. Relatou que, por duas noites seguidas, a figura do velho rei havia aparecido para Marcelo e Bernardo, enquanto faziam a guarda. E que na vastidão sepulcral da meia-noite, o espectro passara tão próximo a eles que poderia tocá-los com o cetro que empunhava, caso desejasse. Os dois sentinelas permaneceram mudos de pavor e relataram o ocorrido a Horácio, pedindo-lhe que guardasse absoluto segredo.

– Dessa forma, meu amigo, juntei-me a eles na guarda da noite de ontem. E qual não foi o meu espanto quando, na mesma hora e no mesmo local, seu pai surgiu diante de nós.

– E como sabe que era ele? – questiona Hamlet.

– Eu o reconheci como reconheço a mim mesmo diante do espelho.

– Mas onde foi isso?

– Na plataforma de ronda, senhor.

– E não falou com ele, Horácio?

– Falei, meu príncipe, mas não me respondeu... E quando parecia que iria nos dizer algo, o galo da manhã cantou forte e a aparição se diluiu na nossa frente.

– Estranho, muito estranho... – reflete Hamlet, desconfiado da veracidade da narrativa. – Ele estava armado?

– Armado, senhor.

– Da cabeça aos pés?

– Exatamente!

– Então não viu seu rosto! – conclui Hamlet.

– Vimos, sim... A viseira estava levantada.

– E qual era sua expressão, meus amigos? Dolorida?

– Parecia mais de mágoa que de raiva, senhor.

– Pálido?

– Sim, muito pálido.

– E os olhava diretamente?

– Olhou nos meus olhos, com insistência.

– Como eu queria ter estado lá... – lamenta-se Hamlet. E investiga mais: – Durou muito tempo?

– O tempo de contar até cem, sem muita pressa.

– Não, mais tempo! – intervém Marcelo.

– Durou vários minutos, senhor – avalia Bernardo.

– E a sua barba? – quer saber Hamlet. – Estava grisalha?

– A mesma de quando era vivo – esclarece Horácio –, negra com alguns fios prateados...

– Bem, irei vigiar esta noite! – decide Hamlet. – Se o espectro surgir – o príncipe parece duvidar –, falarei com ele, mesmo que o inferno ordene que eu me cale!

Hamlet solicita segredo por parte dos três, prometendo que seriam recompensados por sua lealdade. Despede-se de todos com profundo agradecimento, pedindo que o deixem a sós na capela.

– Conte com a nossa obediência – diz Horácio em nome dos três.

– Deem-me sua amizade e eu lhes darei a minha – responde Hamlet antes de partirem.

Novamente só, Hamlet sente a ansiedade palpitar acelerada no peito, fazendo-o desejar que já fosse noite. "As coisas realmente não andam bem", reflete. "Suspeito de alguma traição... Não sei, não sei..."

Capítulo IV

Ao contrário de Hamlet, Laertes foi autorizado pelo rei a deixar a corte dinamarquesa. Pronto para retornar a Paris, o filho de Polônio despede-se de Ofélia, sua querida irmã.

– Minha bagagem já está a bordo... Adeus, irmã! Sempre que puder, envie-me notícias suas, assim passarei meus dias mais feliz.

– Claro, meu irmão – responde Ofélia, antecipadamente saudosa.

– Queria lhe dizer algo mais – anuncia Laertes. – É sobre Hamlet e sua insistência em vê-la... Não o leve tão a sério, ele a corteja apenas porque fica bem agradar uma donzela tão linda. Suas intenções são fugazes, um mero passatempo.

– Somente passatempo? – indaga Ofélia, sem lamúria, apenas querendo confirmar o que acabara de ouvir.

– Não quero dizer que ele seja falso, não é isso – Laertes procura explicar-se. – Talvez ele até a ame, mas não tem sanidade para saber realmente o que sente. Por ser filho do velho rei, ele não pode fazer o que quer da vida e perde-se em meio às questões de Estado.

Ofélia não entende muito bem o que Laertes quer dizer, mas o irmão insiste em que ela não se deixe envolver pelo príncipe. Aconselha-a a pensar em sua honra e não entregar o coração ao primeiro que a cortejar, mantendo-se distante e precavida.

– Seja cautelosa com Hamlet, ele é perigoso! – Laertes a alerta, exagerando para provocar temor em sua irmã.

– Entendo bem suas palavras, meu irmão... Mas será que você também não age da mesma forma que o príncipe? – desafia Ofélia.

– Não se preocupe comigo! – corta Laertes, não aceitando a intromissão da irmã.

E em boa hora a conversa é interrompida, com a chegada de Polônio à casa da família. O velho conselheiro mantém uma postura rígida em relação aos filhos. Entra furioso com Laertes, pois sabe que seu navio o aguarda no Porto de Elsinor, próximo ao castelo.

– Ainda aqui, Laertes? O vento já sopra na proa de seu barco! Ande logo, estão à sua espera!

– Mais uma vez me despeço, meu pai – diz Laertes, ajoelhando-se diante de Polônio.

O conselheiro põe a mão sobre a cabeça do filho e desfia suas mais sérias recomendações em relação a sua vida na França. Pede que seja amigo de quem o respeite, mas não caia no conto do primeiro que apareça. Que não brigue, mas não tema o inimigo. Que ouça a todos, mas manifeste sua opinião para poucos. Que se vista bem, mas sem extravagância. Que não empreste, nem peça emprestado.

– Mas, acima de tudo, meu filho, seja fiel a si mesmo e não use de falsidade com ninguém! – completa seus conselhos.

– E agora vá, com a minha bênção.

– Com humildade me despeço, pai – diz Laertes, curvando-se diante de Polônio. – Adeus, minha querida Ofélia, não se esqueça do que lhe falei...

– Guardarei suas palavras trancadas na memória. Adeus... – ela se despede, abraçando o irmão.

Assim que Laertes deixa a casa, Polônio interroga a filha:

– O que foi que ele disse, Ofélia?

– Algo sobre o príncipe Hamlet, meu pai – ela se abre, revelando tudo o que Laertes lhe dissera.

Ingênua, Ofélia conta sobre as abordagens feitas por Hamlet, sobre a ternura e o amor que ele diz sentir por ela. O pai, reforçando o que Laertes já havia dito, vai ainda mais longe:

– Deixe de se comportar como uma menininha, minha filha. Você acredita nas palavras desse rapaz?
– Mas, meu pai, ele é honesto e me respeita...
– De jeito nenhum, Ofélia! – Polônio a interrompe, com agressividade. – Sua conversa é para enganar donzelas tolinhas como você. Se ele diz que a ama, é fogo de palha, amanhã dirá o mesmo a outra!
– Mas, meu pai... – Ofélia tenta se explicar, em vão.
– Vou lhe dizer o que tem de fazer – orienta Polônio. – Não aceite qualquer flerte do jovem príncipe. Evite-o o máximo que puder e não acredite em suas juras e promessas! – aconselha. – Sendo claro, ouça-me com atenção: de hoje em diante, não quero mais vê-la trocando palavras com o príncipe da Dinamarca. Isto é uma ordem! Você me entendeu?
– Sim, meu nobre pai – aceita Ofélia, submetendo-se ao desejo de Polônio. – Eu obedecerei, obedecerei...

Capítulo V

Hamlet chega ansioso para o encontro com Horácio: esta noite ele se defrontará com o suposto espírito de seu pai. Os dois unem-se ao oficial Marcelo na plataforma de ronda, junto às ameias e próximo a um dos torreões do Kronborg. Estavam na muralha voltada para o Estreito de Oresund, passagem obrigatória – controlada pela Dinamarca – para as embarcações que circulavam entre os países nórdicos. Expostos às mais terríveis correntes de vento que açoitavam os limites de Elsinor, os três sofriam com o ar gelado e penetrante, que parecia cortar os seus corpos.

Passavam poucos minutos da meia-noite. Próximo a eles, o som de trombetas ecoava festivo, denunciando alguma comemoração na corte. Ao contrário da temperatura externa, o ambiente parecia ferver dentro do castelo.

– O que significa isso, meu príncipe? – pergunta Horácio, surpreso com o ruído àquela hora da noite.

– O rei está promovendo uma noitada de farra... – explica Hamlet, num misto de raiva e zombaria. – Festeja o seu poder, dança debochadamente e engolfa talagadas de vinho do Reno... E proclama sua alegria ao som de trombetas e tímpanos, ouve-os agora? – comenta o príncipe, referindo-se ao instrumento típico dos dinamarqueses.

– Mas isso é costume por aqui? – pergunta Horácio, não tão habituado com a vida na corte.

– Mais que isso, é uma tradição – explica Hamlet. – Mas melhor seria se fosse rompida, e não perpetuada. É um deboche irresponsável que apenas faz aumentar a nossa fama de uma nação de bêbados... Eles são uns porcos, isso sim!

Abandonando seu característico tom melancólico, Hamlet destila sua ira contra o tio e as pessoas que o cercavam, quando...

– Olhem... Olhem lá!! – grita Horácio, apontando para uma névoa que surgia próxima a eles.

– É ele, é ele!! – grita Marcelo, percebendo a chegada da aparição.

Ao ver o espectro se definindo como uma figura semelhante à de seu pai, Hamlet entra em estado de excitação total:

– Anjos e mensageiros de Deus, defendei-nos! – ele suplica, erguendo os braços. – Quem se aproxima? Um espírito sagrado ou um demônio condenado? – diz, duvidoso quanto à procedência da aparição.

Hamlet não sabe que intenções tem o espírito, se bondosas ou perversas. Tenta chamá-lo de várias formas, acreditando que ele revelará seus propósitos se for invocado apropriadamente.

– O senhor é Hamlet, meu rei, meu pai, o senhor da Dinamarca? Responda! Por que voltou a esse mundo se já o havíamos enterrado, com as maiores cerimônias, para a paz merecida? Por que aparece agora, e com essa armadura de guerra, tornando sinistra esta noite luminosa? – E Hamlet suplica: – Por favor, fale! Diga o que devemos fazer...

E como se realmente o compreendesse, o fantasma lhe acena e gesticula enquanto se afasta lentamente, como se o chamasse para um encontro mais íntimo, recolhido.

Quando Hamlet insinua uma aproximação, Horácio e Marcelo tentam impedi-lo, temendo por uma cilada.

– Se eu não for, ele não falará comigo – Hamlet se justifica. – Preciso ir!

– Não faça isso – pede Horácio –, pode ser perigoso!

– Não há por que temer. Minha vida não vale um mísero alfinete! Além do mais, mata-se o corpo e não a alma, e minha alma é tão imortal quanto ele!

Enquanto o espírito seguia chamando por Hamlet, Horácio tentava dissuadir seu amigo, alegando que o espectro poderia arrastá-lo para o oceano ou para o alto de uma rocha e lá assumir a forma de um demônio.

– As alturas exercem um perigoso fascínio, e o nosso príncipe pode ter o impulso de atirar-se no abismo! – alerta Horácio, aflito. – Ele pode precipitá-lo na loucura!

Mas Hamlet não ouvia mais nada. Pensava apenas em seguir o espírito que lhe acenava. Marcelo ainda tenta segurá-lo pelos braços, sendo imitado por Horácio. Até que o príncipe os afasta com violência:
– Soltem-me, pelos céus... Quem me deter também será transformado em fantasma! Afastem-se! – ordena aos dois, ameaçando-os com a espada. Em seguida, volta-se para o espírito de seu pai e lhe diz: – Pode ir... eu vou atrás.
O espectro desliza como uma névoa à frente de Hamlet, entrando em um dos torreões do castelo. Hamlet o segue.

Capítulo VI

Enquanto o rei Cláudio festejava com seus súditos, o jovem príncipe buscava entender por que seu pai o procurava depois de morto. O que queria a aparição? Tantas dúvidas... Parecia haver algo de podre no Reino da Dinamarca!

Para Hamlet, a corte transformara-se num ambiente claustrofóbico e hostil, dominado por um clima de corrupção e simulações, no qual todos pareciam esconder algum segredo. Sentindo-se enclausurado em sua própria casa, ia ao encontro do espectro como quem procura sua libertação.

Caminhando sobre as pedras do alto das muralhas do Kronborg, a aparição, seguida pelo príncipe, passa por uma porta que os conduz a uma área aberta e reservada, um grande terraço pouco frequentado e raramente vigiado pelos sentinelas da guarda real. Erguendo à frente a cruz de sua espada, Hamlet indaga:

– Para onde me leva? – E dá-lhe um ultimato: – Fale! Ou não passo daqui!

– Escute-me... – diz a aparição, com voz rouca.

– Sou todo ouvidos – Hamlet a encara.

– Está quase na hora de voltar ao meu tormento de chamas.

– Pobre espírito... – aflige-se Hamlet.

– Não tenha pena de mim, apenas ouça o que tenho a revelar... E depois prepare-se para me vingar!

– Vingar? Vingar o quê? – quer saber Hamlet.

– Sou a alma de seu pai – confirma o espectro. – E estou condenado a vagar durante as noites e a jejuar no fogo enquanto é dia, até purgar todos os pecados e crimes que cometi em vida.

Quase hipnotizado, Hamlet ouve atentamente as palavras daquele espírito, semelhante em tudo ao seu pai, até mesmo na voz que lhe revelaria segredos de arrepiar cabelos e almas.

– Se algum dia amou seu pai – prossegue o espírito –, então vingue esse infame assassinato.

– Assassinato?! – assusta-se Hamlet. – Pois conte-me logo, para que eu possa agir rapidamente!

– Muito bem, vejo-o sensível e decido a não se deixar levar pelas correntezas do rio Letes, e imergir nas águas do esquecimento. Então, Hamlet, escute-me...

O espírito inicia seu relato lembrando a versão que fora divulgada sobre a sua morte, a de que uma serpente o picara enquanto dormia no jardim. O espectro lamenta que mentira tão grosseira tenha enganado os ouvidos de toda a Dinamarca. E revela:

– A serpente cuja mordida tirou a vida de seu pai agora usa nossa coroa!

– Oh, meu Deus... Meu tio!

– Ele mesmo, esse monstro incestuoso e adúltero que, com engenho maligno e presentes insidiosos, seduziu minha virtuosa rainha! – comenta o espírito, dando a entender que Gertrudes já o traía enquanto estava vivo.

Apressando-se no relato, pois já se sentia próximo o aroma da manhã, o espírito conta como fora assassinado:

– Eu dormia em meu jardim, como fazia todas as tardes. Nesse momento calmo e seguro, seu tio entrou furtivamente, trazendo um frasco com a essência de uma erva maldita e venenosa...

– E o senhor a tomou? – pergunta Hamlet, querendo antever o final.

– Não, meu filho... Enquanto dormia, seu tio derramou o líquido morfético em meus ouvidos. Rápido como o mercúrio, ele correu pelas portas e entradas naturais do corpo e, em fração de minuto, talhou e coagulou o sangue límpido e saudável, como gotas de ácido agindo no leite. Assim aconteceu comigo: de repente, minha vida transformou-se em crosta leprosa...

Aturdido e enojado, Hamlet ouve o espírito do pai narrar em detalhes sua própria morte, até concluir:

– Assim, enquanto dormia, pela mão de um irmão perdi, de uma só vez, a coroa, a rainha e a vida! – E arremata: – Fui enviado para o ajuste final sem confissão, comunhão ou extrema-unção.

– Que terrível! Que terrível! – são as únicas palavras que Hamlet consegue exclamar.

Novamente o espectro do finado rei pede ao príncipe que o vingue, aconselhando-o, ainda, a não nutrir sentimentos de vingança contra a própria mãe. Hamlet deveria deixar que o céu cuidasse dela, e vingar-se apenas de Cláudio.

– E agora, adeus para sempre! Uma leve luz já empalidece a noite... Adeus, meu jovem. Não se esqueça de mim – pede o espírito, antes de desaparecer no solo, dissolvendo-se como uma névoa.

Hamlet, atordoado com tudo que ouvira, cai de joelhos e apela ao céu e ao inferno. Procura acalmar o coração e se controlar.

– Que meus nervos me mantenham tranquilo – diz para si próprio, levantando-se. – Prometo apagar todo o passado de minha memória e dar lugar apenas a seu mandamento, meu pai! Mulher nociva... – refere-se a sua mãe. – Traidor maldito! Desgraçado! – apregoa contra o tio. – Juro que cumprirei o prometido! – garante Hamlet, ajoelhando-se novamente, desta vez com a mão sobre o punho da espada.

Enquanto Hamlet reza, ouvem-se ao longe as palavras de Horácio: "Meu senhor, onde está?". E o chamado de Marcelo: "Príncipe Hamlet, responda!". O som de suas vozes torna-se mais forte à medida que se aproximam de Hamlet, trazendo-o de volta à realidade, ao castelo. O príncipe se levanta, preparando-se para receber os dois.

– Aqui estou, meu senhor, meu príncipe... – Hamlet brinca, revelando onde se encontra.

– Como está, senhor? – diz Marcelo ao vê-lo.

– O que aconteceu? – pergunta Horácio ao chegar ao terraço.

– Coisas maravilhosas, senhores... Não há um só canalha, em toda a Dinamarca, que não seja um grande patife! – Hamlet desconversa.

– Ora, meu amigo, não é preciso um fantasma sair da sepultura para nos dizer isso – argumenta Horácio.

– É verdade, me desculpem... É melhor nos despedirmos.

Vocês, voltem às suas funções... Quanto a mim, vou rezar – Hamlet tenta esquivar-se.

– Quantas palavras desconexas, meu senhor... – diz Horácio, desconcertado. – Queremos saber o que se passou!

– Meu caro Horácio... – Hamlet puxa o amigo para uma confidência. – Por São Patrício... – ele evoca o patrono do Purgatório, fazendo entender a Horácio de onde vem o espectro –, trata-se de um fantasma honesto e é melhor que não saiba o que ele me revelou... – diz francamente. E, voltando-se para os dois: – Meus amigos, peço-lhes um favor.

– Seja o que for, o atenderemos – Horácio fala por ele e por Marcelo.

– Ninguém deve saber o que ocorreu aqui. Quero que jurem sobre a cruz de minha espada – Hamlet pede, estendendo o florete.

– Jurem!! – ecoa a voz do espírito, misteriosamente vinda das profundezas da terra. Todos se assustam.

– Oh, meu rapaz, você está aí, amigão? – Hamlet brinca com o fantasma. – Vamos lá, jurem! Não ouviram o camarada da adega dizer? – ele provoca, insinuando que o espírito é um demônio.

Pondo as mãos sobre o punho da espada, eles repetem as palavras proferidas por Hamlet:

– "Nunca falaremos do que vimos e ouvimos esta noite!"

– Jurem!! – ressoa a voz do espectro, murmurando com autoridade.

E ambos repetem o juramento.

– Peço também que não me perguntem quem é e a que veio o espírito com que falei. Há mais coisas no céu e na terra do que jamais sonhou a nossa filosofia! – discorre Hamlet, lembrando que nem tudo na vida tem uma explicação. – E nunca questionem meus atos e minha conduta... De agora em diante, se pensarem que estou louco, silenciem. Ninguém poderá saber que conhecem meus segredos... Portanto, jurem!

– Jurem!! – ordena o espectro, mais uma vez.

E, mais uma vez, os dois juram.

– Agora repousa, espírito confuso! – pede Hamlet ao espectro de seu pai. Volta-se, então, para Horácio e Marcelo: – Tudo que puder fazer para exprimir minha amizade e gratidão, estejam certos de que farei. Dedos sobre os lábios, amigos... As coisas andam fora dos eixos, e minha sina será consertá-las! Agora, vamos entrar...

De volta para o interior do castelo, os três caminham como amigos e companheiros, não como um príncipe e seus súditos. Hamlet sabe que, a partir dessa noite, jamais será o mesmo. E tem plena ciência do que deverá fazer para vingar a morte do pai.

Capítulo VII

Passaram-se algumas semanas desde que Laertes retornara a Paris, após assistir às cerimônias fúnebre e nupcial da corte dinamarquesa.

Há pouco, o velho Polônio tivera notícias de que o filho já gastara o dinheiro que havia levado em viagem, o qual deveria cobrir as despesas de todo um ano. Irado, Polônio arma, com seu criado Reinaldo, um plano para desmascarar o filho e descobrir a vida dispendiosa, e provavelmente desonrosa, que leva em Paris.

– Quando o vir, entregue primeiro as cartas – Polônio orienta seu servidor, referindo-se às recomendações e às notícias que enviava do reino e de Ofélia, sua filha e irmã de Laertes.

– Pois não, meu senhor. Entrego o dinheiro em seguida? – pergunta Reinaldo.

– Isso mesmo, bom Reinaldo. Mas agora vamos ao que mais interessa: será de grande valia obter informações sobre o comportamento dele... Mas antes de visitá-lo, entendeu?

– Era a minha intenção, senhor.

Em seguida, Polônio orienta Reinaldo sobre como realizar uma minuciosa investigação da vida de Laertes em Paris:

– Temos de ser sábios, Reinaldo! Primeiro procure os dinamarqueses que vivem em Paris. Tente saber quem são, onde moram, como vivem, com quem andam, como se sustentam e quanto gastam – explica Polônio. – Se agir assim, com discrição e prudência, investigando os que conhecem meu filho, chegará mais próximo do que desejamos saber. É uma tática mais eficiente do que perguntas diretas. Você me entendeu, Reinaldo?

– Perfeitamente, senhor. Direi que mal o conheço, sabendo apenas quem é seu pai e alguns de seus amigos.

– Está se saindo muito bem, Reinaldo! – elogia Polônio.

O velho conselheiro sugere ainda que, por meio de perguntas hábeis e dissimuladas, o criado estimule seus entrevistados a fazer uma declaração, contar um fato... Reinaldo poderia insinuar, por exemplo, que Laertes é viciado em algum jogo, e ver se, a partir daí, conseguiria obter alguma revelação surpreendente e oculta. Nada que pudesse desonrá-lo, mas que denunciasse erros menores, deslizes, desatinos.

– Coisas da juventude livre, me entende? – esclarece Polônio.

– Como jogar, beber, duelar, fazer arruaças com mulheres... – exemplifica Reinaldo.

– Exatamente. Modere a acusação e não produza escândalos... Se a pessoa que você vier a sondar souber que meu filho está envolvido em algum desses crimes, confirmará o que diz e nos entregará todo o serviço – Polônio esclarece suas intenções. E profetiza: – A isca da falsidade atrai a verdade como um peixe no anzol!

– Muito bem planejado, senhor.

– Você seguirá meu discurso e fará tudo o que peço, não é, Reinaldo? – Polônio quer certificar-se da fidelidade do empregado.

– Claro, meu senhor, farei tudo o que me pede!

– Então, vá... Cuide de Laertes por mim! – Polônio recomenda, abrindo a porta de sua casa e despachando Reinaldo para sua missão.

E pela mesma porta adentra Ofélia, agitada como Polônio nunca a tinha visto.

– O que foi, Ofélia? O que aconteceu? – pergunta o pai.

– Estou com medo! Muito medo!

– Medo de quê, minha filha? Em nome de Deus, medo de quê?

Ofélia procura acalmar-se, arruma-se como pode e senta-se numa cadeira da sala. Então explica:

– O senhor não imagina o que aconteceu, meu pai. Eu estava costurando no meu quarto quando o príncipe Hamlet surgiu sem chapéu na cabeça! – ela diz, admirada, pois na época era de bom-tom usar chapéu mesmo dentro de casa.

– E o que mais, minha filha?

– Ah, meu pai, ele estava completamente desarrumado, com as meias sujas e caídas, além de pálido, trêmulo e com o olhar apavorado, como se tivesse chegado do inferno! – relata Ofélia, num tom entre a indignação e a piedade.

– Bem, minha filha, ele está louco de amor, isso sim... Louco de amor!

– É o que eu temia...

– E o que ele disse?

– Ele me pegou pelo pulso e me apertou com força! – conta Ofélia, gesticulando para reproduzir a cena. – Com a outra mão, desenhou o meu rosto como se quisesse gravá-lo. Ficou assim muito tempo. Depois sacudiu meus braços, balançou a cabeça e, com os olhos fixos em mim, deixou o quarto sem ver por onde andava... Fiquei muito assustada! – Ofélia desabafa.

– Você lhe disse alguma palavra rude ultimamente? – pergunta o velho.

– Não, meu senhor. Fiz tudo como me mandou fazer: devolvi todas as suas cartas e evitei que se aproximasse.

– Foi a sua rejeição, então, que o enlouqueceu... Eu temi que ele estivesse apenas se divertindo com você, minha filha... Maldita desconfiança! É próprio da minha idade o excesso de zelo. De qualquer modo, precisamos contar ao rei, ele deve ser informado de tudo! – decide Polônio.

Polônio não vê com bons olhos o comportamento do jovem, mas sabe que não haverá proveito em manter segredo sobre as investidas de Hamlet, já que o rei e a rainha não aprovariam o casamento do príncipe com Ofélia, embora ela pertencesse à alta nobreza. Perspicaz, Polônio prefere revelar a história e traçar novos planos, deliciando-se em ver Hamlet destruir-se em um amor não correspondido.

Capítulo VIII

No salão de audiências do castelo, trombetas saúdam a chegada de Suas Majestades, o rei Cláudio e a rainha Gertrudes. Os dois entram pela galeria que dá acesso ao salão, um largo corredor ornamentado de quadros e tapetes, além de algumas estátuas de antigos reis. Partindo da galeria em direção ao salão, enormes tapeçarias recobrem uma das paredes. Em seguida ao rei e à rainha, entra Polônio.

– Meu senhor – o conselheiro dirige-se ao rei –, trago boas notícias.

– Muito me agrada, caro Polônio. E quais são?

– A primeira é que penso ter encontrado a verdadeira causa da loucura de Hamlet. Creio saber o motivo pelo qual anda lunático por aí.

– Você ouviu, Gertrudes? – o rei comenta. – Ele diz ter descoberto a fonte e origem da perturbação de seu filho.

– Duvido que haja outra causa além da morte do pai e de nosso apressado matrimônio! – replica a rainha.

– Meu caro Polônio – diz o rei –, saiba que andamos tomando providências acerca desse assunto...

Preocupado com a recente transformação de Hamlet, o rei e a rainha mandaram chamar à corte dois amigos de infância do príncipe: Rosencrantz e Guildenstern. Ainda que por motivos diversos – o rei preocupava-se com as ações de Hamlet, com o que ele viria a descobrir sobre sua ascensão ao trono, enquanto a rainha se afligia em ver o filho profundamente triste, agindo de forma tão estranha –, Cláudio e Gertrudes queriam com urgência esclarecer o que se passava com Hamlet. Dessa forma, suplicaram ajuda a Rosencrantz e Guildenstern, solicitando que se hospedassem na corte pelo tempo que fosse necessário para desvendar a aflição do príncipe, permitindo que se receite o melhor remédio e se restaure a paz e a tranquilidade no reino.

– Mas quero saber de suas novidades, Polônio. O que tem para nos contar? – solicita o rei.

– Antes, senhor, permita que tratemos de outro assunto... Estão de volta nossos bem-sucedidos embaixadores na Noruega!

– Que boa notícia, meu caro... Mando-os vir à minha presença! Porém – ressalta o rei –, voltemos ao tema do príncipe em seguida!

– Muito bem, senhor. Vou chamá-los... – prontifica-se Polônio, deixando o salão para buscar Cornélio e Voltemando.

O rei saúda os embaixadores, que se inclinam solenemente diante de Suas Majestades. Voltemando relata o resultado de sua missão junto ao rei da Noruega:

– O rei norueguês ficou indignado ao tomar ciência de que o príncipe Fortimbrás, seu sobrinho, aproveitava-se de sua doença e idade avançada para desobedecer às suas ordens. Depois de nos ouvir e certificar-se de que o sobrinho agia contra Sua Alteza, ordenou que suspendesse o recrutamento de homens, assim como todas as operações planejadas contra a Dinamarca.

– Sempre tive confiança nos propósitos de nosso irmão norueguês – comenta Cláudio. – Prossiga, bom amigo...

– Pois bem... – continua Voltemando. – Na presença do jovem Fortimbrás, o rei da Noruega afirmou que havia autorizado os preparativos de um ataque contra a Polônia, e não contra nós. Após receber a censura pública do tio, o príncipe jurou cumprir suas ordens e jamais nos atacar. Diante disso, o velho monarca lhe prometeu uma renda anual e o autorizou a investir contra a Polônia. Mas nos fez um pedido, Alteza...

– E que pedido é esse, Voltemando? Será possível atendê-lo?

– Certamente, Majestade – diz o embaixador, entregando-lhe um papel. Neste documento, o rei da Noruega faz uma petição, amplamente detalhada, requerendo permissão para atravessar pacificamente os domínios do reino dinamarquês, com as garantias de segurança aí expressas.

Muito satisfeito com o sucesso da missão, o rei anuncia que lerá a petição, refletindo com calma sobre as suas consequências, e que brevemente comunicará sua resposta. Agradece o esforço dos embaixadores e os convida para um banquete logo mais à noite.

– Descansem um pouco – diz o rei. – E sejam bem-vindos! – finaliza, dispensando-os.

Voltemando e Cornélio inclinam-se e saem do salão de cerimônias, acompanhados por um criado da corte, deixando Polônio à vontade para enfim contar o que descobrira a respeito da anunciada loucura de Hamlet.

– Bem, digo que está louco, e isso é tudo, pois seria insano querer definir a loucura – diz Polônio, dando voltas e criando suspense.

– Paremos por aí – diz a rainha. – Vamos direto ao assunto!

– Desculpe-me, senhora... O fato é que lamentavelmente Hamlet está louco. E vou lhes mostrar uma prova de sua loucura – anuncia Polônio, retirando um envelope do gibão.

– O que é isso? Uma carta? – pergunta o rei.

– Exatamente, senhor... Uma carta entregue por minha obediente filha. Rogo que me escutem e tirem suas conclusões... – diz Polônio, passando a ler o texto:

"Ofélia, que na excelsa alvura nívea de seu seio..."

– Foi Hamlet quem enviou a ela? – interrompe a rainha.

– Minha senhora, lerei textualmente... Atenção:

"Duvide que o sol seja claridade,
e que as estrelas sejam chama,
suspeite da mentira na verdade,
mas não duvide deste que te ama!
Oh, cara Ofélia, sou tão ruim com os versos. Não consigo medir meus suspiros sem inspiração... Mas acredite que meu amor é insuperável, supremo encanto.
Minha dama queridíssima, adeus. Enquanto o meu corpo estiver ligado á minha alma, enquanto viva, serei seu,

Hamlet."

Conhecendo tão bem seu próprio filho, Gertrudes parece não acreditar que aquelas sejam palavras de Hamlet. Já Cláudio, interessado no novo aspecto revelado pelo príncipe, queria saber que reação teve Ofélia diante de tais formulações de amor.

– Como percebi o que acontecia antes mesmo que minha filha me revelasse – exagera Polônio, querendo mostrar-se senhor da situação –, ordenei à minha donzela que pusesse fim às intenções do príncipe, que se afastasse dele, e que não recebesse mais suas mensagens, procurando esquecê-lo. O que ela logo fez, naturalmente.

Enquanto Polônio fala, Hamlet adentra a galeria, cabisbaixo, olhos postos num livro aberto sobre as mãos. Ao ouvir vozes no salão, percebe que Polônio se refere a ele, e reconhece em suas mãos a carta que escrevera a Ofélia. Antes que o vejam, o príncipe se esconde, detendo-se ao lado das cortinas.

O rei pergunta a Polônio:

– E Hamlet, como reagiu?

– Foi tomado de profunda melancolia, insônia, fraqueza e, por fim, passou ao delírio. Agora refugia-se na loucura, nessa condição que todos deploramos – pontifica o conselheiro do rei.

Pensativo, Cláudio consulta Gertrudes, que concorda com a avaliação feita por Polônio. Ela se lembra de ter visto o filho diversas vezes vagando pela galeria, horas a fio. Polônio expõe, então, um plano para atrair Hamlet, usando como chamariz sua própria filha. Assim, todos poderão, escondidos, assistir ao encontro dos dois.

– Se o jovem príncipe não a ama e se esse amor não é a causa de ele ter perdido a razão – avisa Polônio –, então não mais serei conselheiro de Estado: vou ser criador de animais...

– Mas, olha, aí vem ele – alerta a rainha ao avistar o filho caminhando pela galeria. – Vejam como está triste, o meu pobre coitado... – diz ela, carinhosamente.

Hamlet caminha lentamente, fingindo não tê-los visto, o livro ainda aberto nas mãos. Está vestido com desalinho, para provocar reações adversas em quem o veja.

Polônio pede ao rei e à rainha que o deixem a sós com o príncipe. Prontamente, Cláudio e Gertrudes saem por uma porta dos fundos do salão, pedindo silêncio ao seu séquito, que se retira com eles.

– Ora, vejam, como está o meu bom príncipe! – Polônio aborda Hamlet, que o olha de esguelha. – O que foi, não me reconhece?

– Claro, você é um rufião, um cafetão... – disfarça Hamlet, querendo que o velho o tome por louco.

– Não, meu senhor! O que é isso? – indigna-se Polônio.

– O senhor tem uma filha, não tem? Tome cuidado com ela – alerta Hamlet. – Não deixe que ela se exponha às tentações da carne... – ele diz, e finge voltar à leitura.

Polônio não entende: Hamlet lhe diz que tem uma filha, mas antes o chamara de rufião! Porém, acreditando que seu comportamento descabido e as palavras sem sentido se deviam ao amor não correspondido que sentia por Ofélia, tenta comunicar-se por outro caminho:

– O que está lendo, meu príncipe?

– Palavras, palavras, palavras... – responde Hamlet.

– E de que tratam essas palavras?

– Calúnias, meu amigo! – diz Hamlet, agressivamente, avançando sobre Polônio, que recua assustado. – O cínico sem-vergonha diz aqui que os velhos têm barba grisalha, pele enrugada, olhos esbugalhados e lacrimosos, e que têm as pernas fracas... – Hamlet descreve uma figura humana com as características físicas de Polônio. E conclui com ironia: – Afirma também que os velhos não possuem nem sombra de juízo... Embora seja tudo a mais pura verdade, não deveriam pôr isso no papel, o senhor não acha?

Dito isso, Hamlet volta os olhos para o livro. Para Polônio, as frases do príncipe apenas confirmam a sua loucura. E, insinuando que o jovem está doente, aconselha:

– O senhor precisa evitar o vento frio, não pode ficar ao relento...

– Refere-se a quando eu estiver na sepultura, não? – o príncipe ironiza.

– Esta seria realmente a melhor proteção – replica Polônio, mantendo o senso de humor. – Bem, meu honrado príncipe, não quero mais roubar seu tempo... Tomo a liberdade de retirar-me.

– Não há nada que possa roubar de mim e que me faça falta... Exceto minha vida, naturalmente – contesta Hamlet enquanto Polônio se curva à sua frente e sai.

Um tanto furioso com as artimanhas do velho conselheiro, em conluio com seu tio e sua mãe, Hamlet se ressente com a descoberta de que o estão vigiando. Sozinho, desabafa sua raiva:

– Malditos velhos estúpidos e mentecaptos!

Capítulo IX

Rosencrantz e Guildenstern, os amigos de infância de Hamlet chamados pelo rei e pela rainha para investigar o mal que acomete sua alma e sua mente, finalmente encontram o príncipe:

– Salve, meu honrado príncipe – anuncia-se Guildenstern ao entrar na galeria.

– Meu caríssimo príncipe – saúda Rosencrantz ao avistar Hamlet, que lia compenetrado, as costas apoiadas na parede.

– Meus grandes amigos! Que surpresa! – diz o príncipe, erguendo a vista enquanto fecha o livro.

Hamlet mostra-se satisfeito por reencontrar os velhos camaradas. Rosencrantz e Guildenstern iniciam, então, uma espécie de duelo intelectual com Hamlet, falando sobre o destino de cada um.

– O que houve com vocês, para que viessem parar nesta prisão? – o príncipe lhes pergunta.

– Prisão, senhor? – indaga Guildenstern.

– A Dinamarca é uma prisão! – afirma o príncipe, sem maiores explicações.

– Então o mundo inteiro também é! – Rosencrantz contrapõe.

– Exatamente, senhores. Uma enorme prisão, cheia de clausuras, celas e calabouços... Mas a Dinamarca é das piores! – salienta Hamlet.

– Não pensamos assim, meu príncipe – Rosencrantz mantém-se discordante. – Talvez a Dinamarca é que seja pequena demais para o seu espírito.

– Bem que eu poderia viver recluso numa casca de noz – Hamlet se exalta –, e me achar o rei do espaço infinito, mas... – interrompe seu delírio. – Melhor irmos à corte, porque já não consigo raciocinar.

– Estamos às suas ordens... – dizem os dois, em coro.

– Não, nada disso... – Hamlet muda de ideia. – Antes quero saber uma coisa... Já que somos velhos amigos, sejam francos: o que vieram fazer aqui em Elsinor?

– Visitá-lo, senhor. Nenhum outro motivo – dissimula Rosencrantz.

Hamlet não acredita no amigo. Sempre irônico, dizendo-se um pobre mendigo que nunca foi coroado e que não vale um níquel furado, dispara:

– Digam de uma vez por todas: vocês foram chamados ou vieram por vontade própria?

Guildenstern e Rosencrantz entreolham-se confusos, sem saber o que dizer. Seguem mentindo ou revelam a verdade? Hamlet os intima:

– Vocês foram convocados, posso ver a confissão nos seus olhos. Eu sei que o bom rei e a rainha os chamaram – ele diz, enquanto os dois visitantes murmuram entre si. – Eu lhes suplico, pelos laços de nossa juventude, pelas obrigações de nossa amizade, sejam francos e sem rodeios: foram ou não foram chamados?

Guildenstern finalmente admite, respondendo em nome dos dois:

– Sim, meu príncipe, fomos chamados!

– Ah... Eu já adivinhava! Querem investigar a causa de minha tristeza, não? Que obra-prima é o homem! Como é nobre em sua razão! Que capacidade infinita! Como é preciso e benfeito em sua forma e movimento! É um anjo em ação, um Deus no entendimento, o paradigma dos animais, a maravilha do mundo! – diz com impostação e ironia. Mas depois pondera: – Contudo, para mim é apenas a quintessência do pó, não vale nada! O homem não me satisfaz – opina, ouvindo uma risada de Rosencrantz –, e a mulher também não, embora o seu sorriso pareça dizer que sim.

– Nunca pensei nisso, senhor – justifica-se Rosencrantz.

– Mas, se o homem não o satisfaz, os atores que vimos aproximarem-se do castelo certamente poderão lhe oferecer divertimento. Passamos por eles na estrada. Estão chegando...

A notícia deixa Hamlet entusiasmado. Põe-se logo a imaginar um ator representando o rei, outro interpretando um jovem apaixonado, um bufão fazendo rir a plateia, uma dama improvisando...

– Que atores são esses? – quer saber o príncipe.

– Aqueles com quem o senhor se divertia quando estudava na Alemanha, em Wittenberg – esclarece Rosencrantz. – São os "trágicos da cidade", lembra-se?

Hamlet começa a excitar-se com a ideia de que uma companhia teatral venha a apresentar-se na corte. Ainda mais aqueles atores, que já conhecia há tantos anos! Assim pensava quando, vindo do lado de fora do castelo, ouviu-se um clangor de trombetas, anunciando alguma recepção feita pelos oficiais.

– Vejam, aí estão os atores – antecipa-se Guildenstern. – Já era hora! Ouvi dizer que há tempos não vinham atores ao Kronborg!

– Bem, cavalheiros – diz Hamlet para os amigos –, antes que os atores se aproximem e vocês reclamem de ciúmes por minha festiva acolhida, dou-lhes a minha palavra de que também são bem-vindos a Elsinor! – saúda o príncipe, cumprimentando-os com apertos de mão. – Mas lhes adianto que meu tio-pai e minha mãe-tia estão enganados...

– Com respeito a quê, senhor? – indaga Guildenstern.

– Em relação à minha sanidade... Sou louco apenas quando quero. Por exemplo: sei perfeitamente distinguir um gavião de um falcão! – diz Hamlet enigmaticamente, insinuando que pode bem distinguir entre verdadeiros e falsos amigos, como os dois.

Inesperadamente, os três são interrompidos pela entrada de Polônio na galeria:

– Saúde, senhores! – diz o velho, bastante empolgado.

Hamlet o vê e retoma o ar sombrio e propositadamente descompensado, na intenção de confundir ainda mais o conselheiro do rei.

– Caros amigos – diz o príncipe a Guildenstern e Rosencrantz –, prestem muita atenção: esse grande bebê que aí veem ainda não saiu dos cueiros... – afirma, comparando Polônio a um bebê de fraldas.

– Bem, dizem que a velhice é a segunda infância – Rosencrantz entra na brincadeira.

Polônio parece não ouvir os chistes que os jovens lhe dirigem.

– Tenho novidades a comunicar – anuncia o velho, como se ainda não soubessem a que veio. – Acaba de chegar um grupo de atores, meu senhor.

– Oh, bela novidade! – Hamlet finge surpresa.

– Trata-se do melhor grupo de atores do mundo – exagera Polônio. – Representam qualquer gênero!

– Ó, Jefté, juiz de Israel... – Hamlet dirige-se a Polônio, ainda simulando não reconhecê-lo. – Diga-me, Jefté, qual era o seu tesouro? – pergunta, aludindo a uma passagem bíblica na qual Jefté sacrifica a própria filha, seu tesouro.

– Que tesouro, senhor? – pergunta Polônio.

– Uma linda filha, filha única, que ele amava mais que tudo na vida!

Incomodado por Hamlet insistir no tema da filha, Polônio decide entrar no jogo:

– Se sou Jefté, meu príncipe, tenho mesmo uma filha a quem amo acima de tudo.

– Não, a sequência não era essa, e o senhor sabe tanto quanto eu! – responde Hamlet, querendo dizer que o importante não é que a amasse, mas sim que a tivesse sacrificado.

Por sorte são interrompidos pela entrada dos atores na galeria. Hamlet os recebe entusiasticamente, reconhecendo-os um por um. E aproveita para pedir, ali mesmo, uma prova de talento, uma fala apaixonada...

– Que fala prefere, meu bom senhor? – pergunta o principal ator da companhia.

– Certa vez ouvi você dizendo um trecho que nunca foi levado à cena, não me lembro muito bem... – Hamlet tenta recordar. – Era um drama excelente, mas lhe faltava algo mais picante! Era o relato que Eneas faz a Dido, sobre o assassinato de Príamo... Deixe-me ver, tinha um trecho assim:

"O ríspido Pirro, com suas armas negras e fúnebres,
semelhantes à noite,
ocultava-se em seu fatal cavalo, untado
da cabeça aos pés todo de vermelho,
tinto pelo sangue de pais, mães, filhos e filhas,
cozido feito crosta pelas ruas em chamas,
iluminando, com luz diabólica,
os seus vis assassinos. Assado em ódio e fogo,
esse Pirro infernal de olhos de rubi
caçava o velho Príamo."

– Por Deus, meu senhor, muito bem declamado, bem pronunciado e no tom exato! – surpreende-se Polônio.

– Agora, vamos, continue você – o príncipe pede ao ator.

– Deixe-me ver... Sim, vamos lá:

"E logo o encontra
desferindo seus golpes cansados.
A velha espada, rebelde em seu braço,
cai onde entende, e se demora...
Combate desigual!
Pirro se arroja com Príamo:
cego de ódio, só atinge o vácuo,
mas basta o sopro da espada em fúria
para derrubar o alquebrado rei."

E assim prossegue o ator, declamando a luta como se fossem elementos da natureza em conflito, ou como se fossem o céu e o inferno se digladiando.

– Isso é muito extenso – comenta Polônio, cansado com o palavrório e preocupado com o tema apresentado.

Após a morte do rei Príamo, viria então o sofrimento e o desespero da rainha, que chora a morte de seu esposo.

– Vamos, prossiga! – ordena Hamlet ao ator.

– Está bem, senhor...

"Mas quem visse a rainha correr agora descalça,
sem destino, ameaçando as chamas
com seu pranto cego, arrebatada na confusão do pânico,
quem visse isso embeberia a língua em veneno
para condenar a Fortuna por traição.
E se os próprios deuses a vissem no momento
em que encontrou Pirro no perverso prazer
de esquartejar corpo e membros do esposo,
o urro animal que explodiu de dentro dela
teria umedecido de lágrimas os olhos áridos do céu,
e movido esses deuses à piedade,
por menos que se comovam com as dores humanas."

– Por favor, basta! – implora Polônio ao ator. E se justifica: – Não veem que mudou de cor? Vejam as lágrimas nos olhos dele!

– Está bem, está bem... – concorda Hamlet.

O príncipe orienta Polônio a providenciar para os atores as melhores acomodações disponíveis, dando-lhes tudo de que necessitassem, com a máxima generosidade.

Atendendo às suas ordens, Polônio conduz a trupe em direção à porta da galeria, enquanto Hamlet detém o ator principal:

– A representação será amanhã – avisa. E confidencia, ao pé do ouvido, sussurrando-lhe um pedido: – Escuta, velho amigo, vocês poderiam representar "O assassinato de Gonzaga"?

– Sim, meu senhor.

– E você poderia interpretar umas poucas linhas escritas por mim e inseri-las no texto?

– Perfeitamente, meu senhor. Será um prazer atendê-lo!

– Ótimo. Vá juntar-se ao grupo. Corra, para não perder-se deles... – Hamlet despacha o ator. E voltando-se para Guildenstern e Rosencrantz, diz: – Meus bons amigos, eu os deixo até a noite. Mais uma vez: bem-vindos a Elsinor! – saúda o príncipe, levando-os até a porta.

Solitário novamente, Hamlet aflige-se por ter forçado o ator a declamar o texto, causando-lhe sofrimento. A complica-

da situação familiar o incomoda muito e, por não saber como reagir à infame conspiração urdida contra seu pai, sente-se covarde e canalha.
– Ó, vingança! – diz para si mesmo. – Sou um jumento! Bela proeza a minha: filho querido de um pai assassinado, sou intimado à vingança pelo céu e pelo inferno, e fico aqui, desafogando minha alma com palavras... Maldição!

O príncipe lembrava-se de ter ouvido dizer que certos criminosos, assistindo a uma peça, sentiram-se tão impressionados com a encenação de crimes, que imediatamente confessaram seus próprios delitos. Assim, havia decidido: faria com que esses atores interpretassem, diante do tio, algo semelhante à morte de seu pai, e observaria seu olhar quando lhe tocassem no fundo da ferida. Bastaria um tremor e ele saberia o que fazer depois.

Hamlet, porém, ainda tem dúvidas quanto às intenções do espectro de seu pai. Imagina que ele poderia ser o demônio, aproveitando-se de suas fraquezas e de sua melancolia para levá-lo à perdição.

– Preciso de provas mais firmes do que meros comentários de um fantasma – reflete Hamlet, mostrando-se prudente.
– A peça servirá como uma ratoeira, na qual a consciência do rei o trairá, estou certo disso!

Capítulo X

No dia seguinte, pela manhã, Polônio leva Guildenstern e Rosencrantz à presença do rei e da rainha. Cláudio e Gertrudes encontram-se no salão de audiências, num canto próximo à galeria.

O rei quer saber dos jovens amigos de seu sobrinho se, enfim, conseguiram obter alguma nova informação, ou se conhecem a razão de Hamlet estar agindo de forma tão estranha, mergulhado em turbulenta e perigosa insanidade.

– Meu senhor, ele confessa sentir-se perturbado, mas recusa-se a revelar a causa dessa desordem – informa Rosencrantz.

– Nem mesmo quer discutir o assunto – completa Guildenstern. – Sua loucura tem algo de esperteza e dissimulação, e foge a qualquer pressão que se queira impor.

– Mas ele os recebeu bem? – quer saber a rainha.

– Um perfeito cavalheiro! – responde Rosencrantz.

– Mas fingindo estar disposto... – acrescenta Guildenstern.

– De poucas perguntas e muito falante em suas respostas – mente Rosencrantz, uma vez que Hamlet comportou-se exatamente de modo contrário, perguntando muito e mal respondendo.

Rosencrantz contou, ainda, que tentaram providenciar distração para o príncipe. Falou do acaso de terem cruzado com um grupo de atores a caminho do castelo e que Hamlet, quando os recebeu, demonstrou grande entusiasmo, a ponto de ordenar que representassem logo mais à noite.

– É verdade – intrometeu-se Polônio. – E ele me pediu que convidasse Suas Majestades para assistir à encenação.

– Fico contente em saber que o príncipe recuperou a disposição. Digo isso do fundo do coração, senhores... – confessa o rei.

– Faremos todo o possível para garantir ao nosso príncipe o máximo prazer na apresentação de hoje à noite – garante Rosencrantz antes de despedir-se de todos.

Livre da presença de Guildenstern e Rosencrantz, o rei revela que colocará em prática o plano de Polônio. Anuncia que Hamlet chegará brevemente e que Ofélia – que a tudo ouvia de um canto do salão – já está devidamente preparada.

– Peço que saia, Gertrudes – Cláudio dirige-se à rainha. – Eu e Polônio seremos os espiões oficiais, vendo sem sermos vistos... Assim, poderemos julgar o encontro livremente, e verificar se são mesmo do amor as aflições que o levam a tanto sofrimento.

– Estou saindo... – Gertrudes acata as ordens de Cláudio.

– Queria apenas pedir a Ofélia que ajude a trazer meu filho de volta à tranquilidade, para honra de ambos.

– Fique tranquila, senhora, esse também é o meu desejo – afirma Ofélia, enquanto a rainha deixa o salão.

De um canto recluso, destinado à oração e à meditação, Polônio retira um livro de orações que está sobre um estrado, abaixo de um crucifixo. Entregando-o a Ofélia, pede-lhe que, em seu encontro com Hamlet, leia alguma prece, na tentativa de adoçar o espírito do príncipe.

– Esses artifícios, essas artimanhas... tudo soa como uma chicotada em minha consciência! – lamenta Cláudio. – O rosto de uma meretriz, embelezado por cosméticos, não é mais feio que os meus atos, por melhores que sejam minhas intenções... Que fardo tenho de carregar!

Ouvindo o som de passos que se aproximam, Polônio interrompe Cláudio:

– Vamos, senhor, ele vem vindo... Venha, venha!

Rapidamente, o rei e seu conselheiro escondem-se atrás de uma tapeçaria próxima a Ofélia, que, por sua vez, ajoelha-se no estrado de orações, com o livro nas mãos. Hamlet entra pela galeria, profundamente abatido, e atravessa-a falando sozinho:

– Ser ou não ser, eis a questão! – diz o príncipe, angustiado.

Os dilemas de Hamlet são muitos: ser ou não ser, viver ou morrer, agir ou não agir. Matar o rei Cláudio e vingar o seu pai? Mas matar o rei pode significar a própria morte, mesmo porque pode não valer a pena seguir vivendo... Talvez então suicidar-se? Mas suicidar-se pode significar o pesadelo eterno de se condenar...

– Será mais nobre sofrer na alma pedradas e flechadas de um destino enfurecido – prossegue Hamlet –, ou pegar em armas contra o mar de angústias, contra suas ondas infindáveis, combatendo-o até não mais suportar?

Atormentado, o príncipe não tem palavras para exprimir a sua dor. Deve suportar e seguir vivendo? Ou deve deixar de existir, para morrer nas mágoas da traição?

– Morrer... dormir: só isso e nada mais! – deseja Hamlet.

– Dizem que o sono apaga as dores do coração... Se é assim, quero dormir! Morrer... dormir! Talvez sonhar: aí está o obstáculo! Virão sonhos no sono da morte, depois de haver escapado ao tumulto da existência... E quem suportaria o açoite e os insultos do mundo, a afronta do opressor, o desdém do orgulhoso, as pontadas do amor humilhado, as delongas da lei, a prepotência do mundo? – Hamlet destila sua ira. – Quem suportaria tudo isso, podendo encontrar seu repouso em um simples punhal? – pergunta-se, considerando a possibilidade do suicídio.

Enquanto Hamlet seguia falando, Ofélia mais se assustava com o teor de seu pensamento. E ainda sem ter sido notada, seguia fingindo que orava num canto do salão.

– Essa reflexão faz de todos nós uns covardes! – conclui Hamlet. – Ter de tomar uma decisão me faz mais doente e melancólico. Preciso refletir menos, ganhar coragem e agir mais! – E, como se voltasse a si, vê Ofélia rezando. – Bela Ofélia, tomara que em suas orações sejam lembrados todos os meus pecados!

Ofélia se levanta e o saúda:

– Como tem passado todos esses dias, meu senhor?

– Bem, bem, bem... Obrigado.

– Meu senhor, tenho comigo algumas lembranças suas que desejava lhe devolver. Por favor, aceite-as agora... – anuncia Ofélia. – Seus presentes vieram acompanhados de palavras doces que os tornaram muito preciosos. Mas o perfume se acabou, por isso aceite-os de volta. Estão aqui... – ela diz, retirando algumas joias que trazia guardadas junto aos seios e colocando-as diante dele, sobre uma pequena mesa de centro.

Hamlet se assusta com a atitude de Ofélia. Indignado, lembra-se do encontro em que, oculto, ouvira a exposição de Polônio ao rei e à rainha, na qual planejava usar a própria filha como chamariz para atraí-lo. Sabendo que Ofélia não está sendo sincera, Hamlet a provoca:

– Você é honesta, Ofélia?

– Que pergunta!

– E bonita, também é?

– O que quer dizer com isso, Alteza? – indigna-se Ofélia.

– Quero dizer que uma moça honesta não poderia agir com tanta intimidade, como age comigo! – explica Hamlet. – O poder da beleza corrompe a honestidade mais depressa do que a honestidade contamina a beleza. Quero dizer que antes eu a amava, mas agora...

– Realmente cheguei a acreditar! – lamenta Ofélia.

– Pois não devia... Na verdade, eu nunca a amei! – mente Hamlet.

– Maior ainda foi o meu engano! – ela acrescenta, amargurada.

Agressivamente, Hamlet dispara sua raiva contra a pobre moça:

– Você deveria ir para um convento! – diz, apontando para o crucifixo. – Ou prefere ter filhos pecadores? Não vou queimar a língua, não: preferia que minha mãe não me tivesse dado à luz... Sou arrogante, vingativo, ambicioso... Que fazem indivíduos como eu engatinhando entre o céu e a Terra? Somos todos uns canalhas!

Ofélia se sente humilhada, mas ao mesmo tempo piedosa de Hamlet. O príncipe, todavia, lembrando-se mais uma vez do jogo do qual ela participava, prossegue:

– Onde está seu pai?

– Em casa, meu senhor – ela responde.

– Então, desejo que todas as portas se fechem sobre ele, para que fique sendo um idiota só em casa! Adeus!

Hamlet afasta-se de Ofélia, que, desencantada, volta a ajoelhar-se no estrado de orações, diante do crucifixo. Porém, antes de deixar o salão, o príncipe vê moverem-se as cortinas do salão e, por um instante, pensa na possibilidade de que esteja sendo vigiado, talvez por Polônio, ou quem sabe o rei... Muito perturbado, ele retorna:

– Se você se casar, Ofélia, leve esta praga como dote: mesmo que seja casta, não escapará à calúnia! Vá para um convento, já lhe disse... Adeus! – saúda Hamlet. Nervoso, anda de um lado para o outro, ainda sem sair da galeria. E acrescenta: – Se precisar mesmo se casar, case-se com um imbecil! Vá para um convento, ou, se preferir, para um bordel! De uma vez por todas, adeus!

Ofélia reza em voz alta, pedindo aos céus que ajudem o pobre príncipe. Mas é surpreendida pela voz de Hamlet, que retorna uma vez mais:

– Já ouvi falar de como você se pinta, Ofélia. Deus lhes deu rostos e vocês os transformam em outra coisa – apregoa Hamlet, mais uma vez generalizando suas críticas a todas as mulheres, querendo, na verdade, atingir a sua própria mãe. – Foi tudo isso que me enlouqueceu... Afirmo que não haverá mais casamentos nesta corte! Os que já estão casados continuarão todos vivos, exceto um – antevê, naturalmente referindo-se ao rei. – Vá para um bordel, Ofélia! – vocifera, saindo em definitivo.

Profundamente abalada e desnorteada, Ofélia não acredita em como pôde um nobre espírito como o de Hamlet ficar tão transtornado.

– Ele tinha os olhos de um cortesão, a língua de um sábio e a espada de um guerreiro... – lamenta Ofélia, enquanto o rei e Polônio saem de trás da tapeçaria. – Era a melhor flor deste reino, espelho e modelo dos bons costumes, admirado por todos, e agora está assim, caído e destruído! E eu, a mais aflita e infeliz das mulheres, que suguei o mel de suas promessas, vejo agora a minha juventude queimada no delírio! Oh, desgraçada de mim – queixa-se Ofélia –, ter visto o que já vi e amargar essa dor cruel...

Cláudio e Polônio procuram, agora, entender o que ouviram. Para o rei, os sentimentos de Hamlet não são os do amor e, embora não pareça lógico, tudo o que disse não deve ser loucura.

– Há nele muita melancolia – avalia o rei –, que ao sair de sua alma poderá tornar-se muito perigosa! E para evitar esse perigo, determino que o príncipe seja imediatamente levado para a Inglaterra, a fim de reclamar nossos tributos atrasados – Cláudio decide, preparando o terreno para afastar o príncipe da corte.

Polônio ouve as determinações do rei com atenção, embora continue a crer que a causa do descontrole de Hamlet resida no amor rejeitado.

– Talvez os mares, um país diferente, outras paisagens – prossegue o rei – expulsem a ira enraizada no coração do príncipe, ira contra a qual seu cérebro luta sem cessar, deformando--lhe até mesmo o modo de ser... Que pensa disso, Polônio?

– Uma boa solução... – avalia o conselheiro, sempre apoiando as decisões de seu soberano.

Ofélia se aproxima dos dois para relatar suas impressões, mas o pai a dispensa, dizendo que ouvira o suficiente. Em seguida, Polônio aproveita a oportunidade para expor ao rei mais um de seus planos:

– Hoje à noite, senhor, após a apresentação dos atores, a rainha mãe deverá receber o príncipe em seus aposentos. Sozinha com ele, deverá discutir sua angústia e ser franca.

– E de que isso adiantaria? – pergunta Cláudio.

– Calma, senhor... Se me permitir, estarei presente e oculto, atento a tudo que se dirá. Se não der certo, envie-o então à Inglaterra, ou mande confiná-lo onde sua sabedoria julgar melhor – Polônio conclui.

– Muito bem: quando os adultos se mostram alienados, devem ser vigiados – finaliza o rei, aprovando o estratagema de Polônio.

Capítulo XI

Hamlet e os atores da companhia teatral hospedada no Kronborg passaram a tarde preparando a apresentação da noite, particularmente ensaiando a inserção proposta pelo príncipe. Seria uma pantomima, a ser apresentada na abertura do espetáculo, e trazia como principais personagens um rei, uma rainha e um sobrinho do soberano.

O cenário já havia sido preparado. No salão de banquetes e festas do castelo, os assentos estavam dispostos de dois lados, com um estrado ao fundo, cerrado por cortinas e trazendo um palco interno. Orientados pelo ator principal, que representará o rei, os demais seguiam atentamente as orientações de Hamlet:

– Quero que reproduzam essas falas como eu as pronunciei, língua ágil e voz clara, sem berros e sem cortar o ar exageradamente com as mãos – Hamlet orienta os atores, gesticulando bastante, agitando nas mãos as páginas que escrevera há poucas horas.

As regras básicas a serem seguidas eram manter o autocontrole e a moderação na representação, evitando o exagero:

– O gesto deve ser ajustado à palavra, pois o objetivo do teatro é exibir um espelho da natureza, manifestar a virtude e o ridículo à sua própria imagem. Enfim – ensina Hamlet –, mostrar a sociedade tal qual ela é, na sua exata condição.

Terminados os ensaios, Polônio aparece para verificar os preparativos.

– E então, senhor, o rei concorda em assistir à peça? – pergunta Hamlet.

– E também a rainha... Eles virão em seguida – responde Polônio, inclinando-se antes de sair para buscar Suas Majestades.

Guildenster e Rosencrantz, que acompanhavam o conselheiro do rei, são dispensados pelo príncipe, que lhes pede que acompanhem o velho senhor e retornem apenas na hora do espetáculo. Queria Hamlet ficar a sós com Horácio – que havia assistido a todo o ensaio, quieto em um canto –, a fim de combinarem as observações que fariam durante a apresentação.

– Horácio, você é a pessoa mais equilibrada com quem convivi durante toda a minha vida.

– Que é isso, meu caro príncipe...

– Não se trata de bajulação, isso não é necessário entre nós... É que, em você, a paixão e a razão convivem em perfeita harmonia – o príncipe elogia o amigo. – Agora, preste atenção: uma das cenas da representação desta noite lembra as circunstâncias de que lhe falei, da morte de meu pai – esclarece Hamlet, que já havia contado a Horácio a história revelada pelo espectro. – Peço que observe meu tio atentamente durante a apresentação. Se suas feições não denunciarem qualquer culpa, saberemos que o que vimos era um espírito do inferno. Eu também não tirarei meus olhos de cima dele.

– Fique tranquilo, meu senhor, nada escapará à minha observação.

– Obrigado, Horácio. Depois juntaremos nossas impressões para avaliar a situação – finaliza o príncipe, já ouvindo os sons de trombetas e tímpanos. – Estão chegando para o espetáculo... Devo fazer-me de louco! Vai, Horácio, escolha um bom lugar.

As portas no alto das escadarias do salão de banquetes e festas abrem-se para a entrada do rei e da rainha, de Polônio e Ofélia, dos amigos Rosencrantz e Guildenstern e de outros nobres da corte. Ao som de uma marcha dinamarquesa, sempre tocada em ocasiões festivas, a guarda real desce as escadas carregando tochas, conduzindo os espectadores mais importantes.

O rei dirige-se ao príncipe:

– Como tem passado nosso sobrinho Hamlet?

– Passo bem, bem alimentado de ar e de promessas... – respondeu Hamlet, sempre irônico, insinuando que aguarda o cumprimento da promessa de que herdará o trono, como lhe garantira seu tio.

– Não entendo sua resposta... Suas palavras me escapam – rebate o rei.

– Não, senhor, elas escaparam de mim, uma vez que eu as pronunciei – brinca Hamlet. Dirige-se a Polônio e pergunta: – É verdade que o senhor representou também na Universidade? – o príncipe insinua que o conselheiro representa também na vida real.

– É verdade – confirma Polônio, inocentemente. – E até era considerado bom ator!

– E representou o quê?

– Representei Júlio César, o imperador romano. Brutus me assassinou no Capitólio.

– Mas que brutalidade! – Hamlet volta a brincar com as palavras. – Como pôde matar um carneirão tão capital?

Hamlet se mostrava empolgado e bem disposto para uma noite que sabia ser fundamental para a confirmação de suas suspeitas e para a continuidade de seu plano de vingança. A todo instante virava-se para o palco, buscando os atores, e verificava se a plateia já estava a postos.

– Venha cá, querido Hamlet, sente-se ao meu lado – pede a rainha.

– Perdão, minha mãe, tenho aqui um ímã mais atraente – justifica-se o príncipe, apontando para Ofélia. O intempestivo galanteio de Hamlet surpreende Polônio, o rei e a rainha, que ficam a cochichar entre si.

Na realidade, Hamlet usava Ofélia como uma desculpa para sentar-se do lado oposto ao rei, à rainha e a Polônio, a fim de observá-los melhor.

– Senhora, posso me enfiar no seu colo? – Hamlet dirige-se a Ofélia.

– Claro que não! – ela se espanta.

– Calma! Quero dizer: posso repousar minha cabeça no seu colo? – esclarece Hamlet.

– Isso sim, meu senhor – Ofélia consente.

– Achou que eu estava dizendo alguma grosseria? – pergunta Hamlet, sentando-se aos pés de Ofélia.

– Não penso nada – ela responde.

– Embora seja uma boa ideia repousar entre as pernas de uma donzela... – Hamlet provoca.

– O que disse, senhor? – ela se espanta novamente.

– Nada, nada... – ele disfarça.

– O senhor está alegre hoje! – Ofélia comenta.

– Quem, eu? É que sou um farsante... O que faria o homem se não risse? Olhe só a felicidade de minha mãe... E meu pai morreu há menos de duas horas! – Hamlet exagera, argumentando em favor de sua ideia, enquanto a rainha volta a cochichar com o rei e Polônio.

– Está enganado, senhor... Faz duas vezes dois meses que seu pai morreu!

– Tanto tempo assim? Então, se o diabo ainda se veste de negro, usarei luto de luxo daqui por diante! – Hamlet é sarcástico com a própria desgraça. – Céus! Morto há tantos meses e ainda não foi esquecido! Meu Deus, um homem terá de construir toda uma catedral ou sofrerá a punição do esquecimento? – lamenta o príncipe, criticando os que desejavam que esquecesse a morte do pai.

Nesse instante, soam oboés e as cortinas do palco se abrem. O espetáculo tem início com uma breve pantomima, uma encenação muda e resumida do drama que se apresentaria em seguida.

Os primeiros movimentos mostram um Rei e uma Rainha abraçando-se amorosamente. Para demonstrar sua devoção ao esposo, ela se ajoelha diante dele e estende-lhe os braços, com a expressão afetuosa. Ele a levanta do chão e inclina sua cabeça sobre o ombro dela. Em seguida, deita-se num leito de flores espalhadas pelo chão, como num belo jardim, e fecha os olhos. Assim que adormece, a Rainha se afasta, saindo de cena. Imediatamente surge um homem com um frasquinho nas mãos. Retirando a coroa do Rei, ele a beija. Na sequência, derrama veneno num dos ouvidos do soberano e sai. Ao retornar, a Rainha encontra o Rei morto e faz apaixonadas demonstrações de desespero e dor. O Envenenador também volta, desta vez acompanhado de dois comparsas, e mostra-se igualmente condoído com a morte do Rei. Enquanto o cadáver é levado embora, o Envenenador corteja a Rainha, bajulando-a com presentes. Inicialmente, ela se mostra relutante e recusa suas ofertas; por fim, cede aos seus cortejos e aceita as provas de amor.

Todos saem de cena e fecham-se as cortinas. Hamlet está agitado e lança olhares sobre seu tio e sua mãe. Em voz baixa, o rei e a rainha conversam com Polônio. Os três se esforçam para manter o controle.

– O que significa isso, senhor? – Ofélia pergunta a Hamlet.

– É um mistério... Ou melhor: é um crime! – o príncipe responde.

– Parece-me que a pantomima resume o enredo do drama, não? – ela observa.

Enquanto conversam, um ator posta-se diante das cortinas do palco. O rei e a rainha pedem silêncio, para que todos prestem atenção. O ator diz apenas três frases, numa espécie de prólogo da peça:

– *Para nós e nossa tragédia,*
pedimos sua audiência e clemência,
além, é claro, de suplicarmos paciência.

Quando o ator sai, Hamlet observa:

– Isso é um prólogo ou apenas uma inscrição de anel? – referindo-se à escassez de palavras.

– Pelo menos foi curto – comenta Ofélia.

– Como o amor de uma mulher! – Hamlet retruca, dando uma alfinetada em Ofélia e, indiretamente, também em sua mãe.

Mas são interrompidos pelo abrir das cortinas do palco, onde se encontram os dois atores que representam o Rei e a Rainha. Eles conversam...

O REI
Trinta voltas perfeitas o sol já tinha dado sobre o verde da terra e o mar salgado, e trinta dúzias de luas sobre nós haviam contornado desde que o amor nos uniu em laços sagrados.

A RAINHA
Mil voltas darão o sol e a lua antes que nosso amor tenha fim.
Mas me sinto tão infeliz por ver que tem a alegria afastada de
seus dias!

O REI
Eu devo lhe deixar muito em breve, mas o fim da existência não
me preocupa sabendo que minha amada terá outro marido...

A RAINHA
Não, eu não aceito! Um outro amor não cabe no meu peito...
É maldição ter novo companheiro, só tem o segundo quem
mata o primeiro.

– O veneno! O veneno! – diz Hamlet, baixinho, enquanto os atores seguem com a peça.

A RAINHA
Deixar um novo marido me beijar no leito é o mesmo que
matar o primeiro de outro jeito.

O REI
Diz isso irrefletidamente, pois a intenção é transitória e ficará
apenas na memória. O sangue quente da dor e da alegria já
trazem consigo a própria hemorragia; de repente, a dor canta e
a alegria chora. O mundo não é eterno e tudo tem um prazo,
nossas vontades mudam nas viradas do acaso, pois esta é ain-
da uma questão não resolvida: a vida faz o amor ou é o amor
que faz a vida? A quem não precisa nunca falta uma amizade,
mas quem mais precisa só experimenta falsidade, e descobre,
oculto no amigo, um inimigo antigo. Se pensa que não terá
outro marido, sua crença morrerá quando eu tiver morrido.

A RAINHA
Se isso vier a acontecer, jamais terei sossego e paz, e minha
alegria estará para sempre perdida. Se, uma vez viúva, for
outra vez esposa, quero que a eterna angústia se apposse de
minha alma!

– Que belo perjúrio! – comenta Hamlet, antecipando que a Rainha não cumprirá seu juramento.

O REI

Ouvi seu solene juramento. Por favor, me deixe... Meu espírito pesa. Quero enganar com o sono o tédio que sinto agora! – proclama o Rei antes de adormecer.

A RAINHA

Que o sono embale sua alma e que nunca haja amargura entre nós, só calma... – diz a Rainha antes de deixar o palco.

De volta à audiência...

– Senhora, que tal lhe parece o drama? – pergunta Hamlet a sua mãe.

– Parece-me que promete muita coisa... – ela avalia.

– Creio que ela cumprirá a promessa feita – Hamlet dissimula.

– Você já conhece o argumento? – intervém o rei. – Não há nada ofensivo nele?

– Imagine... Eles apenas brincam! – responde Hamlet, irônico. – Até o veneno é de brincadeira! Não há ofensa, não...

Hamlet dá mais algumas informações, esclarecendo que a peça, intitulada "A ratoeira", tem como ponto central um assassinato ocorrido em Viena, cometido contra um rei chamado Gonzaga.

– Trata-se de uma obra-prima de perfídia, de traição... O senhor verá! – Hamlet garante ao rei. – Mas que importa, não é? O senhor e todos nós aqui temos almas limpas... Isso não nos afeta! – diz o príncipe, enquanto observa a entrada de um novo personagem. – Aquele é Luciano – comenta –, sobrinho do Rei.

O ator que representa Luciano traja um gibão negro, certamente simbolizando a morte. Caminha em direção ao Rei adormecido, segurando numa das mãos um frasquinho e fazendo gestos ameaçadores.

– Vamos, assassino! – diz Hamlet para o ator. – Vamos, peste, deixe de fazer caretas abomináveis e ponha em prática o seu crime... O corvo grasna por vingança!

LUCIANO
Pensamentos negros, drogas preparadas, hora certa... O tempo é meu cúmplice e ninguém me vê: vai, mistura fétida, destilada de ervas homicidas, desempenha seu feitiço natural e mágica obscena, usurpa depressa essa vida ainda plena! – diz o personagem para, em seguida, derramar o veneno do frasco no ouvido do Rei.

Ao final da cena, Hamlet olha para o seu tio e o vê transtornado, irrequieto em seu assento. Traz a luz novamente para si, reforçando o drama a que todos assistem:
– Ele envenena o Rei no jardim de seu palácio para usurpar o trono – explica o príncipe. E, como se precisasse dar veracidade ao texto representado, comenta: – A peça foi inspirada em fatos reais... O texto original foi escrito num italiano impecável! – E antecipa a trama, acrescentando: – Agora vocês verão como o assassino arrebata o amor da mulher do soberano Gonzaga...
O outro soberano, alvo da vingança de Hamlet, ergue-se cambaleante e pálido como a neve.
– O rei se levanta! – anuncia Ofélia, vendo Cláudio equilibrar-se em suas trêmulas pernas.
– Sente-se mal, meu senhor? – pergunta a rainha, assustada, procurando amparar o marido.
Polônio é o primeiro a tomar providências:
– Parem a peça! – ele ordena, imediatamente procurando a guarda para a retirada do rei.
– Luz... Deem-me alguma luz! – grita o rei, desesperado. – Depressa!
Antes mesmo que as tochas iluminem seu caminho, Cláudio se precipita em direção à saída do salão, tropeçando nos degraus que levam à porta. Sua atitude revela-se quase uma confissão, um forte indício de que fora atingido de alguma forma pelos fatos ali representados.

Os nobres e cortesãos, todo o séquito que acompanhava o casal real, grita pela guarda, buscando ajuda e cobertura para a retirada dos presentes. Apenas Hamlet e Horácio permanecem no salão.

– Não lhe parece, amigo – pergunta Hamlet a Horácio –, que com esta minha invenção – diz ele, erguendo algumas folhas com o trecho inserido na peça – poderia conseguir um lugar numa trupe de atores?

– Meio lugar – responde Horácio, querendo dizer que, sem a contribuição dos atores, seu texto nada valeria.

– Está bem... Mas, meu bom Horácio, agora eu aposto mil libras na palavra do fantasma! Concorda comigo?

Horácio concordava. E mais: havia observado bem as reações do rei na hora em que se falou do veneno.

Nesse momento, Rosencrantz e Guildenstern voltam ao salão para dizerem que o rei estava, como se viu, em estado de terrível irritação e cólera. Trazem, também, uma mensagem da rainha:

– Ela declarou que seu comportamento a deixou perplexa e estupefata! – diz Rosencrantz.

– Disse ainda – complementa Guildenstern – que deseja falar-lhe em seu quarto de dormir, antes que vá se deitar – avisa, seguramente seguindo as orientações de Polônio.

– Obedecerei – responde Hamlet, com severidade. – Temos mais algum negócio a tratar?

– Meu príncipe, houve tempo em que o senhor me estimava – reclama Rosencrantz, magoado com Hamlet.

– E estimo ainda, juro por estas mãos pecadoras! – Hamlet mostra as mãos espalmadas... – Por estes cinco gatunos e estes cinco ladrões!

– Posso saber o motivo de sua perturbação, senhor? – quer saber Rosencrantz. – Não deveria esconder as angústias até do seu amigo.

– Falta-me amparo – argumenta Hamlet.

– Mas como? O senhor tem o amparo do próprio rei para a sucessão ao trono da Dinamarca! – contrapõe Rosencrantz.

– "Enquanto cresce a grama, o cavalo morre de fome" – responde Hamlet, usando um provérbio para explicar que falta muito para que se possa sonhar com a coroa.

A aguçada conversa é interrompida pelo retorno de Polônio, que repete o recado da rainha. Hamlet o chama num canto, próximo a uma janela:

– Está vendo aquela nuvem ali, quase em forma de camelo? – Hamlet pergunta, apontando para o longe, sem que se veja qualquer nuvem.

– Claro que vejo, é exatamente um camelo – responde Polônio.

– Na realidade, me parece mais um esquilo.

– Tem razão, tem a corcova de um esquilo.

– Ou será uma baleia? – Hamlet muda novamente de figura.

– Pois é uma perfeita baleia! – Polônio confirma todas as especulações feitas pelo príncipe.

– Então irei ver a minha mãe! – ele diz. E se volta para Horácio: – Brincam comigo até onde aguente! – avalia, mostrando que o obrigaram a fingir-se de louco até o limite de sua tensão. E fala alto: – Irei imediatamente!

– Irei avisá-la... – diz Polônio antes de sair.

– Deixem-me a sós, amigos – pede Hamlet, dispensando a todos.

O príncipe está apreensivo. Não gosta dessa hora da noite, quando as sepulturas se abrem e reina o hálito do inferno. Ao pensar em sua mãe, estremece por imaginar que possa entregar-se a impulsos desconhecidos...

– Que a alma de Nero não tome esse peito humano! – diz para si mesmo, temendo igualar-se ao imperador romano que matara a própria mãe. – Não posso agir como um desnaturado. Minhas palavras serão punhais lançados sobre ela, mas meu próprio punhal jamais será usado. Minha alma e minha língua devem ser hipócritas: por mais que as minhas palavras transbordem em desacatos, meu coração não permitirá que eu as transforme em atos! – conclui o príncipe.

Hamlet parecia temer a si mesmo.

Capítulo XII

Antes de Hamlet seguir ao encontro de sua mãe, o rei se recupera do mal-estar causado pela representação do crime que cometera. Na antessala de seu aposento de dormir, Cláudio recebe Rosencrantz e Guildenstern.

Nesse local, o rei costumava tomar as últimas decisões do dia antes de dormir. A urgência, agora, é tratar de uma questão fundamental: sua permanência como rei da Dinamarca. E Cláudio ultima seu contra-ataque a Hamlet: enviá-lo à Inglaterra.

– Não gosto do jeito dele... Não é seguro para nós deixar o campo livre para esse lunático – desabafa o rei. E orienta os jovens Rosencrantz e Guildenstern: – Despacharei imediatamente as instruções para que vocês acompanhem o príncipe à Inglaterra. Nosso reino não pode ficar exposto a riscos tão sérios como os que nos impõe a loucura de Hamlet.

– Estamos preparados, faremos o que for preciso para proteger a coroa de nossa Alteza – diz Guildenstern.

– Quando um rei suspira, o reino inteiro geme! – arremata Rosencrantz, numa demonstração de apoio a Cláudio.

– Pois muito bem... Coloquemos correntes nesse perigo que anda por aí a passos livres – Cláudio encerra a reunião, dispensando os amigos do príncipe.

Nem bem os jovens saem, Polônio se apresenta, ofegante e apressado, a caminho do quarto da rainha:

– Vou me esconder atrás de uma tapeçaria para escutar a conversa. Tenho certeza de que a rainha irá censurá-lo com firmeza... – adianta-se Polônio. – E como o senhor disse muito sabidamente, é sempre bom ter mais um ouvinte, além dos ouvidos de uma mãe, uma vez que as mães são naturalmente parciais – explica-se o velho conselheiro do rei, "emprestando" a Cláudio a sua ideia de provocar um encontro entre Hamlet e a rainha, para mais uma vez vigiá-lo.

Ao sair, Polônio promete ao rei que ainda voltará, antes que se recolha ao leito, para relatar-lhe tudo o que ouvir de Hamlet e sua mãe.

Uma vez sozinho, Cláudio se revela profundamente angustiado. Muito nervoso e aflito, põe-se a andar de um lado para o outro, entre as cadeiras e a pequena mesa da saleta. Rodeia o pequeno altar herdado do antigo rei, pai de Hamlet, onde este costumava realizar suas orações diárias.

Cláudio se condena por haver cometido um delito tão torpe, um crime tão infame. Recorda-se da mais antiga maldição, a primeira de todas: o assassinato de Abel por seu próprio irmão, Caim. Cláudio quer rezar, mas sua imensa culpa não lhe permite, não consegue sequer pedir perdão pelo que fizera. "Suplicar perdão por meu ignóbil assassínio?", pensa ele. "Como posso, se ainda retenho os benefícios que me levaram a cometê-lo? A ambição pela coroa e a rainha... É possível ser perdoado?", ele reflete.

– Lá em cima as leis são outras... – Cláudio pensa em voz alta. – Lá não há trapaças, apenas testemunhas olhando nossas culpas no dente e no olho... Se eu pudesse me arrepender! – lamenta-se. – Ajudem-me, anjos do céu, façam algo por mim! – suplica o rei, que se ajoelha e se põe a rezar.

Nesse instante, Hamlet encaminha-se para o quarto de sua mãe. Porém, ao passar diante dos aposentos do rei, vê Cláudio ajoelhado, de costas...

"Devo agir agora, enquanto está rezando...", pensa Hamlet, tirando seu punhal do coldre preso a sua vestimenta negra. "Preciso agir agora e enviar esse vilão direto para o céu! Assim, estarei vingado!", raciocina Hamlet, num primeiro momento, impulsivo. Mas, em seguida, pondera que sua vingança merece ocasião mais propícia, de preferência quando o rei estiver empolgado em seus desejos, no torpor de uma bebedeira, no jogo, blasfemando, ou no gozo incestuoso de seu leito. "Isso sim seria vingança", pensa Hamlet, "e o enviaria direto ao inferno, que é para onde ele merece ir".

Decide, então, poupar o rei e deixá-lo rezar. Parte imediatamente para o quarto da mãe.

Capítulo XIII

O quarto da rainha ficava um pouco isolado dos demais aposentos do castelo. Adornado com tapeçarias francesas penduradas próximas a uma das paredes, possuía ainda alguns assentos e um confortável leito onde a rainha dormia. Na parede encostada à sua cabeceira, duas pinturas se destacavam: o retrato do falecido rei, seu primeiro marido, e o do irmão Cláudio, atual soberano da Dinamarca e esposo de Gertrudes.

Apressado, Polônio chega e pede à rainha que mostre ao filho, com firmeza, que suas extravagâncias já passam dos limites e suscitam o ódio entre seus entes mais queridos, a própria mãe e também seu tio, o rei dos dinamarqueses.

– Mãe, mãe... – ouve-se Hamlet chamando pela rainha, aproximando-se do quarto.

– Agora tenho de me calar – avisa Polônio. – Ficarei escondido aqui mesmo... Só lhe peço que seja clara com ele! – solicita, antes de se esconder atrás de uma tapeçaria.

– Olá, minha mãe, de que se trata? – pergunta Hamlet, entrando no aposento da rainha.

– Hamlet, meu querido, venha até mim – diz a rainha, estendendo-lhe as mãos. – Você tem ofendido muito seu pai.

– Mãe, a senhora é que ofende muito meu pai! – diz o príncipe, com ênfase em "meu pai".

– Ora, pare de me responder com essa língua solta!

– É a senhora que pergunta com essa língua perversa... E me acusa! De quê? – indigna-se o príncipe.

– De quê? O que é isso, Hamlet? – grita sua mãe.

– Como assim? O que foi agora?

– Você esquece quem sou eu?

– Não esqueço, não... – responde Hamlet. – A senhora é a rainha, esposa de seu cunhado e, infelizmente, minha mãe!

– Não é possível, vou buscar alguém que seja capaz de falar com você... – avisa Gertrudes, saindo do quarto.

– Volte aqui! – Hamlet a segura pelo braço. – Sente-se aí e não se mova! – diz o príncipe, atirando-a na cama. – Não vai sair deste quarto antes que eu a coloque diante de um espelho onde possa ver seu lado mais profundo e obscuro!
– O que é isso? Vai me matar? – sua mãe lhe pergunta, aterrorizada e fora de si. E grita: – Socorro!!

Sem conseguir ver exatamente o que se passava, Polônio agita-se em seu esconderijo e se atrapalha tentando se desvencilhar do tapete para socorrer a rainha.

Hamlet ouve um resmungo e percebe o movimento do tapete. Rapidamente, puxa o punhal e pergunta:
– O que é isso? Quem está aí? Um rato? – exclama, pensando que talvez fosse o rei. E, quase instintivamente, dá uma estocada de punho firme e certeiro, atravessando a tapeçaria:
– Aposto que esse rato está morto! – finaliza.
– Oh, me acertaram... – geme Polônio, sem que Hamlet reconheça sua voz.
– Meu Deus, o que você fez? – exclama a rainha, estarrecida.
– Não sei... Quem é, o rei? – Hamlet pergunta, e ergue a tapeçaria, descobrindo Polônio, morto.

– Ah! Que impensado, meu filho! Que gesto sangrento! – horroriza-se a rainha.

– Meu gesto foi tão sangrento e mau como o de matar um rei e casar-se com seu irmão! – responde Hamlet, apunhalando--a em outro sentido.

– Como matar um rei?! – Gertrudes não entende a acusação do filho, demonstrando ignorar que seu esposo fora assassinado por Cláudio. – Ouvi bem a infâmia que acaba de dizer?

– Sim, senhora, foi isso mesmo... Essas são as minhas palavras: minha ação foi tão má como matar um rei e casar-se com o irmão dele! – repete Hamlet. E, olhando para o cadáver de Polônio estirado no chão, dirige-lhe algumas frases: – Seu miserável, idiota intrometido... Adeus! Tomei-o por outro, aquele que antes o senhor cortejava arrastando-se pelos corredores do castelo. Pobre verme, aceite seu destino. Ser tão servil tem seus perigos... – ironiza. Volta-se para a rainha e procura contornar a situação: – Deixe de torcer as mãos... Acalme-se! Sente-se aí! – aponta para a cama. – Pretendo torcer seu coração, se é que ele ainda não se transformou em bronze ou em pedra!

– Que fiz para que você despeje todo esse ódio contra mim? – Gertrudes se revolta.

Hamlet puxa sua mãe pelos braços e a conduz para diante dos retratos na parede, fiéis representações dos dois irmãos. Aponta os cachos dos cabelos do pai, comparando-os aos de Apolo, o deus do sol; mostra seu rosto como o de Júpiter, o rei de todos os deuses; fala de seu olhar de comandante, como o de Marte, e a postura de Mercúrio, mensageiro do céu.

– Este era seu marido – diz, com orgulho. – Vê agora este outro... – aponta com desdém a figura de seu tio Cláudio.

O príncipe compara Cláudio a uma espiga podre contaminando o irmão saudável. E empenha-se em desqualificar a própria mãe, dizendo que algum demônio deve tê-la vendado para que não enxergasse a falta de atributos do atual marido.

– Nenhum dos nossos sentidos poderia se enganar dessa forma! Olhos sem tato, tato sem vista, ouvidos sem mãos nem olhos, ou o simples olfato... Que vergonha! – Hamlet avalia a escolha feita pela mãe.

– Não, meu filho, não fale mais... – Gertrudes leva as mãos ao rosto, em autocomiseração. – Você vira meus olhos para minha própria alma... E vejo nela manchas escuras e profundas, manchas que jamais poderão ser apagadas!

– Não, e tudo para poder viver no suor azedo de lençóis ensebados, ensopados de depravação, onde a senhora se entrega ao amor... Que lugar imundo! – diz Hamlet, desprezando a relação de sua mãe com seu tio.

– Chega, querido Hamlet! Suas palavras são como punhais em meus ouvidos... Basta!

Mas Hamlet continua a agredir Cláudio, chamando-o de assassino e covarde, ladrão do império e do poder, um bufão que não chega aos calcanhares de seu verdadeiro pai.

– Um rei que não vale nada! – ele completa.

Nesse momento, Hamlet vê surgir, próximo à janela, o espectro de seu pai, bastante diferente da forma como o havia visto no alto das muralhas. Daquela vez, tinha o corpo coberto por uma sólida armadura de marechal em guerra; agora, vestia-se familiarmente, uma roupa de noite, um chambre, espécie de roupão.

– Anjos celestiais, protejam-me com suas asas! – implora Hamlet ao avistar o fantasma. E pergunta a ele: – Que espera de mim, grata figura?

– Meu Deus, está louco! – diz sua mãe, ao vê-lo falando sozinho.

– Veio repreender o filho negligente e prisioneiro da paixão, que não executou sua ordem terrível? – pergunta Hamlet ao espírito do pai.

– Esta visita é para aguçar sua coragem, para que honre a sua promessa e cumpra sua incumbência. Mas olhe o espanto de sua mãe... – diz o espírito. – Encontre seu lugar entre ela e sua alma em conflito. Fale com ela, Hamlet!

– Como se sente, senhora? – indaga o príncipe, obediente.

Atordoada, a rainha não acredita no que vê, e julga testemunhar incontestavelmente a loucura do filho, que põe os olhos no vazio, conversando com o incorpóreo. Hamlet aponta para o brilho pálido da aparição, que o olha com o ar piedoso de quem suplica que respeite sua mãe.

– Cuidado – Hamlet alerta o espectro –, se continuar a me olhar assim, poderá fazer-me afastar do meu intento, e terminarei coberto por lágrimas, e não pelo sangue de seu assassino!

– Para quem diz isso? – pergunta a rainha.

– A senhora não vê?

– Não vejo nada além de você...

– Nem ouviu nada?

– Não, nada... A não ser a nós mesmos! – insiste a rainha.

– Mas como? Olhe lá! – o príncipe aponta para a janela. – Não vê quem está indo embora? É meu pai, nos trajes que vestia quando vivo! – Olhe, olhe... – Hamlet se desespera, apontando para o espectro, que desaparece por entre os vitrais.

– É delírio de sua mente, meu filho. Delírio! – analisa Gertrudes.

Hamlet insiste em confirmar tudo o que disse e viu. Garante não estar louco e que ela sim tinha a alma contaminada. Pede que se confesse e arrependa-se do passado, evitando pecados futuros.

– Meu querido Hamlet, você partiu em dois meu coração – diz a rainha, dilacerada em sua dor.

– Pois jogue fora a pior parte dele e viva mais pura com a outra metade. Não retorne à cama de meu tio... Esforce-se para mostrar virtude e despreze esse monstro de vestes prazerosas. Abstenha-se esta noite. Assim, a noite seguinte será mais fácil...

Hamlet aponta para Polônio e diz estar arrependido por tê-lo matado, castigo para o morto e para quem o matou. Anuncia que vai esconder o corpo e depois responder por seu ato.

– Boa noite. Lamento, mas tenho de ser cruel para ser justo – justifica-se Hamlet. E ameaça: – Isto é só o começo, minha senhora, o pior ainda está por vir...

Ao despedir-se, Hamlet muda de ideia. Pensa que seria melhor que a mãe se entregasse a Cláudio mais uma vez em seu leito:

– Deixe que o rei balofo belisque suas faces, lhe chame de "minha ratinha", ou "minha gatinha"... Depois que ele lhe der muitos beijos nojentos e lhe acariciar a nuca com seus dedos malditos, faça com que ele saiba que não estou louco de verdade, somente louco de astúcia. Em seguida, minha senhora, aja como o macaco da fábula...

Hamlet se refere a uma história na qual um macaco deixa escapar os pássaros presos numa gaiola e, acreditando que as aves voaram porque a gaiola lhes deu esse poder, entrou na pequena jaula, para, em seguida, saltar de cima de um telhado, achando que poderia voar. O macaco estatelou-se no chão, quebrando o pescoço e morrendo.

A rainha – assim como o rei, Polônio, Ofélia e tantos outros – não entendia os pensamentos do príncipe, e a cada frase sua o acreditava realmente louco.

– Vou partir para a Inglaterra, sabia? – Hamlet conta a sua mãe a notícia que soubera por Horácio, o único em quem ainda confia.

– Ah, sim... Eu tinha me esquecido. Está decidido, então... – Gertrudes dissimula, fingindo não saber dos planos do rei.

Hamlet fora informado de que havia cartas seladas que seriam levadas por Rosencrantz e Guildenstern.

– Essas duas víboras deverão ser os portadores das cartas, preparando o caminho que me levará a uma cilada. Mas vamos deixar: é sempre um prazer ver o engenheiro ir pelos ares com seu próprio engenho... Vou explodir aqueles dois e fazê-los voar em pedaços até a lua!

O jovem Hamlet anseia por ver seu destino chocar-se com o de seu tio:

– Vou arrastar as tripas desse homem pelas ruas de Elsinor! – prevê o irado príncipe. – Boa noite, minha mãe...

Os dois se olham, Hamlet com os olhos ardentes de desejo de vingança, e a rainha com os olhos marejados de desgosto. O príncipe segura os braços estendidos de Polônio e o arrasta para fora do quarto. A rainha cai em prantos sobre a cama.

Capítulo XIV

Pouco tempo depois, ainda em seu aposento, Gertrudes continua estendida na cama, chorando compulsivamente. Seus suspiros e gemidos são ouvidos por Rosencrantz e Guildenstern, que chamam o rei e o levam ao quarto dela. Os dois amigos aguardam do lado de fora, Cláudio interpela a esposa: – O que houve, Gertrudes? O que a deixou nesse estado? – ele quer saber, sentando-se na beira da cama. O rei ergue a rainha, que começa a se acalmar. – Já sei... Hamlet! Onde está seu filho?

– Ah, meu amado, o senhor não imagina o que eu vi há pouco...

– O quê, Gertrudes? Como está Hamlet? Aconteceu alguma coisa com o príncipe?

– Sim... Ele está louco, tal como o mar e o vento, lutando para decidir qual o mais forte – responde Gertrudes. – O meu filho, ouvindo alguma coisa se mexer atrás da tapeçaria, num acesso de fúria, puxou o punhal e gritou: "Quem está aí? Um rato?". E exaltado, sem ver de quem se tratava, enterrou a maldita lâmina no bondoso velho! Hamlet matou Polônio, meu rei!

Estupefato diante da funesta descrição da ação de Hamlet, o rei sentiu-se aliviado por não ter sido ele a espionar o príncipe. Considera a liberdade de Hamlet uma ameaça para todos, inclusive à rainha. Dessa forma, pede a ela que não mais intervenha a favor do filho. E reflete: "Como poderei justificar ao povo essa ação sangrenta?".

– Afinal – pergunta o rei à rainha –, onde está seu filho?

– Foi esconder o corpo que ele assassinou – explica a rainha. – Sua loucura é tão pura... Ele chora pelo que aconteceu... – mente Gertrudes, uma vez que Hamlet não se mostrou penalizado com a morte de Polônio.

O rei decide agir rápido, antecipando para a mesma noite o embarque de Hamlet para a Inglaterra. Chama por Rosencrantz e

Guildenstern, que o aguardam junto à porta do quarto da rainha.

– Meus amigos, busquem algum reforço na guarda e encontrem o príncipe. Na sua loucura, Hamlet assassinou Polônio e arrastou seu corpo para fora deste quarto. Falem com ele calmamente e levem o cadáver para a capela – o rei orienta seus servis hóspedes.

Em seguida, o rei combina com Gertrudes de chamarem os conselheiros mais sensatos da corte, para comunicar-lhes suas intenções e tomar as devidas decisões.

– Vamos, Gertrudes, minha alma está cheia de angústia e confusão...

Cláudio sente-se realmente perturbado, pois sabe que a morte de um valoroso nobre como Polônio vai lhe trazer contratempos. Ademais, o rei está ciente de que perdeu seu aliado mais fiel, o homem que o ajudou decisivamente a conquistar a coroa dinamarquesa.

– Venha, querida, a noite promete ser longa... – diz o rei, saindo para convocar, extraordinária e imediatamente, a reunião com os conselheiros.

Rosencrantz e Guildenstern procuram Hamlet e acabam por encontrá-lo em um aposento próximo ao quarto do príncipe.

– O que o senhor fez, meu príncipe? – pergunta Rosencrantz.

– Como assim?

– Que fim o senhor deu ao corpo do morto?

– Ah, eu o misturei ao pó, do qual ele é parente – brinca Hamlet, referindo-se à crença de que "o homem veio do pó e ao pó retornará".

– O rei ordenou que levássemos o corpo à capela – avisa Rosencrantz.

– Acha que revelarei meu segredo a vocês? – Hamlet provoca, sabendo que os dois agem como espiões e cúmplices do rei, conforme já os havia feito confessar. – Mas diga-me uma coisa: ao ser interrogado por uma esponja, que resposta o filho de um rei deve dar?

– O senhor me compara a uma esponja? – indigna-se Rosencrantz.

– Claro, encharcado pelos favores do rei, suas recompensas, seus cargos... – explica o príncipe, sempre achincalhando seus antigos amigos.

– Não entendo, senhor...

– Ainda bem... O discurso de um patife como eu somente anestesia os ouvidos de um idiota inescrupuloso como você – Hamlet continua a agredi-lo.

Rosencrantz insiste uma vez mais para saber onde se encontra o corpo de Polônio. Está ansioso para levar o príncipe ao encontro do soberano, que já deve aguardá-los no salão de banquetes, no mesmo local onde foi encenada a peça de teatro.

– O rei não precisa de um palco para representar! – ironiza Hamlet.

– Como, senhor? – não entende Rosencrantz.

– Nada... Perguntou-me sobre o corpo... E eu lhe respondo: o corpo está com o rei – diz o príncipe, afirmando que o corpo está no castelo, que ao rei pertence –, mas o rei não está com o corpo – complementa, já que ninguém sabe onde está o cadáver.

– Não brinque com o rei, senhor – adverte Guildenstern.

– Ora, o rei é uma coisa nula! – irrita-se Hamlet. – Leve-me até ele... Ou melhor: quem vai achar a raposa? – pergunta e sai correndo, como se brincasse de esconde-esconde com os ex-colegas de infância.

Guildenstern e Rosencrantz correm atrás de Hamlet, seguidos por alguns guardas que, como os dois, acham que o príncipe está fugindo. Hamlet, no entanto, vai direto para o salão onde se encontra o rei, sendo detido por um sentinela. Guildenstern fica, então, a vigiá-lo, enquanto Rosencrantz entra para falar com o rei.

Cláudio está reunido com três conselheiros de Estado, avaliando a situação embaraçosa criada por Hamlet; o governo agora precisa tomar as decisões mais consequentes para resolver a questão e suprir a ausência de Polônio. O salão, que há poucas horas fora cenário de parte da vingança arquitetada pelo príncipe, era a única sala de reunião disponível àquela hora da noite.

Sentado a uma mesa colocada sobre o estrado do palco, Cláudio discute os motivos que levaram o príncipe a se contrapor a ele e a tentar desestabilizar o rei e a própria corte dinamarquesa.

– É perigoso deixar esse homem solto! Mas devemos levar em conta o fato de Hamlet ser amado pela multidão leviana, que não ama com a razão e sim com os olhos... Por isso – reflete o rei –, devemos ser ponderados e não avaliar o crime em si, mas o culpado. Não há outro remédio... – discorre o soberano, quando é interrompido por Rosencrantz.

– Meu senhor, não conseguimos arrancar do príncipe a revelação de onde escondeu o corpo, mas o trouxemos até aqui... Está lá fora, sob guarda.

– Pois então tragam-no! – determina o rei.

Rosencrantz pede a Guildenstern que faça o príncipe entrar. Diante do sobrinho, Cláudio logo pergunta por Polônio.

– Em um jantar, senhor – responde Hamlet.

– Num jantar? Onde?

– Num jantar, oras... Mas não está comendo, está sendo comido! Um certo congresso de vermes políticos interessou-se por ele... Nesses momentos, o verme é o único imperador! – explica Hamlet, com sarcasmo.

– Ai, ai, ai! Que lástima! – queixa-se o rei. E volta à carga:

– Vamos lá: onde está Polônio?

– No céu! – Hamlet segue na mesma linha. – Mande alguém lá para ver, mas envie um mensageiro, já que o senhor não teria autorização para lá entrar. Caso contrário, o senhor mesmo pode ir procurá-lo no seu novo endereço! – diz o príncipe, referindo-se ao inferno. Por fim, acaba revelando o paradeiro do cadáver. – Agora, se o senhor não o encontrar até o fim do mês, sentirá o cheiro dele quando subir os degraus que levam à galeria – provoca Hamlet.

– Vão buscá-lo! – o rei ordena a alguns servidores. – Depois, levem-no à capela!

– Não tenham pressa, senhores. Ele estará esperando... – diz Hamlet aos homens que saem. – Ele não sairá de lá, posso lhes garantir!

Cláudio respira fundo para manter o controle de seus nervos e encaminhar a situação como necessário. Diz a Hamlet que seu lamentável ato o obrigará, pela segurança do próprio príncipe, a tirá-lo do reino com a rapidez do fogo:
– Prepare-se... O barco está pronto e os ventos a nosso favor. Seus acompanhantes o esperam – diz o rei, apontando para Rosencrantz e Guildenstern. – Já está tudo devidamente aprontado para levá-lo à Inglaterra!
– Para a Inglaterra? – pergunta o príncipe.
– Exatamente, Hamlet – confirma o rei.
– Que bom!
– Acharia melhor ainda se conhecesse nossas intenções – acrescenta Cláudio.
– Sei muito bem... Vejo um querubim sobre a sua figura – ironiza Hamlet, adivinhando os planos do rei. – Pois então vamos lá: à Inglaterra! – saúda o príncipe, despedindo-se do rei. Inclina-se e diz: – Adeus, querida mãe.
– Sou um pai que o ama, caro Hamlet.
– Minha mãe – reafirma o príncipe. – Pai e mãe são marido e mulher, marido e mulher são uma só carne... Portanto: adeus, minha mãe! – despede-se. Depois, vira-se para seus antigos amigos e brada com o braço erguido: – Vamos para a Inglaterra!
Antes que deixem o salão, o rei chama Guildenstern à parte e recomenda que não saiam de seus calcanhares, ordenando que embarquem imediatamente:
– Quero vê-lo longe daqui ainda esta noite!
Os planos de Cláudio dependem, agora, do auxílio da Inglaterra. Guildenstern e Rosencrantz levam cartas seladas às autoridades inglesas, nas quais é exigida, em caráter urgente, a morte de Hamlet. E enquanto isso não acontecer, Cláudio sabe que não poderá governar em paz.

Capítulo XV

Algumas semanas se passaram desde a morte de Polônio e o exílio forçado de Hamlet. A partir de então, Ofélia vem sofrendo demasiadamente, sentindo-se perseguida pelo mundo, arranjando intrigas, irritando-se por qualquer migalha. Fala muito do pai, diz coisas sem nexo e porta-se de forma estranha, com olhares e gestos que fazem concluir que esteja realmente alienada, com o pensamento perturbado e incerto.

A notícia da insanidade de Ofélia chega à rainha através de Horácio, que a encontra próximo às colunas do pátio interno do castelo. Ao fundo, avista-se a grande porta de entrada do Kronborg. Junto à rainha, duas criadas pessoais a acompanham.

– Minha senhora, seja piedosa e receba-a... – Horácio pede à rainha. – Ela é insistente e está fora de si.

– Não quero falar com ela! – responde Gertrudes, secamente.

– Seria bom que recebesse a pobre coitada, pois ela poderia espalhar suposições perigosas entre pessoas malignas – argumenta Horácio, insistindo no pedido.

A rainha finalmente cede à insistência de Horácio, que traz a filha de Polônio à sua presença. A moça exibe uma aparência reveladora de seu estado: caminha sem direção, os olhos sempre postos na distância, como se nada visse. Traz os cabelos soltos e despenteados, caídos sobre os ombros.

– Onde está a bela rainha da Dinamarca? – ela pergunta.

– O que foi, Ofélia? – indaga a rainha, impressionada com sua palidez.

Aparentemente, Ofélia responde com palavras sem sentido. Mais que isso, responde cantando:

– Como distinguir de todos
o meu amante fiel?
Ele deve estar usando roupa de peregrino,
falando com amor, usando sandálias
e um lindo chapéu em concha.

– Minha jovem encantadora – diz Gertrudes –, o que significa essa canção?

Ofélia novamente responde cantando:

– Ele está morto, senhora,
ele já foi embora...
Uma lápide por cima
e grama verde por fora.

Enquanto Ofélia terminava sua breve canção, o rei chega ao pátio, estranhando o comportamento da jovem donzela. Gertrudes lamenta-se com seu marido.

Ofélia segue cantando:

– Sua veste branca encobria
o pranto do amor fiel
que fez as flores perfumadas
descerem à tumba molhadas.

Seguramente, os versos de Ofélia referiam-se ao enterro de seu pai. Todos percebiam, alertados pelo sensível Horácio, que a jovem – assim como o povo dinamarquês – não se conformava com a forma como seu pai fora enterrado, às escondidas e com muita pressa.

– Como está você, minha bela jovem? – pergunta o rei.

– Bem... Nós sabemos o que somos, mas não o que seremos – responde, enigmática. – Dizem que a coruja era filha do padeiro... – prossegue Ofélia, em alusão à história popular, contando que a filha de um padeiro fora transformada na ave noturna por negar pão a Jesus Cristo.

– Ela pensa no pai... – comenta o rei.

– Nem uma palavra sobre isso, por favor – pede Ofélia, voltando a cantar:

– Amanhã é dia de São Valentino,
e bem cedo estarei à sua janela
para ser sua amada Valentina.
E ele acorda e se veste,
e abre o quarto para ela.

Pode-se ver a donzela entrando,
mas não se vê ela sair donzela.

Voltando a falar por meio de cantigas e histórias, Ofélia lembra desse santo dia, em que a tradição diz que a primeira mulher que o homem vir, pela manhã, será sua amada e deixará de ser donzela, ou seja, perderá a virgindade com ele.

Mas na canção seguinte Ofélia relata a história de uma moça que cobra, desse mesmo homem, que se case com ela, conforme havia prometido. O homem, porém, quebra a promessa, alegando que a teria cumprido se a moça não tivesse se deitado com ele em seu leito – numa possível alusão ao amor renegado por Hamlet.

– Eu não posso deixar de chorar – diz Ofélia –, quando lembro que enfiaram meu pai nessa terra fria... Meu irmão tem de ser informado! – pede ela, mostrando sentir-se sozinha nesse momento tão pesaroso. – Vem, minha carruagem! Boa noite, senhoras – ela se despede, saindo como se realmente dirigisse uma carruagem.

O rei chama Horácio e pede que a vigie de perto, relatando qualquer nova extravagância. E dá o seu diagnóstico:

– Ah, esse é o veneno do pesar profundo. Tudo brota da morte do pai dela. Oh, Gertrudes, quando as desgraças chegam, elas não vêm solitárias, mas em batalhões. Primeiro, o assassinato do pai. Depois, a partida de Hamlet, louco autor do seu próprio desterro. E agora, temos o povo se agitando em turbulência crescente... – Cláudio avalia. E é duro consigo mesmo: – Quanto à morte de Polônio, creio que agimos com ingenuidade e imprudência realizando um funeral secreto e apressado!

Entretanto, uma ameaça mais grave já batia à porta do reino: a volta do irmão de Ofélia, vindo da França em segredo. Mergulhado em sombras e dúvidas, Laertes parecia estar envenenado por versões malévolas a respeito da morte do pai.

– Imagine, minha Gertrudes, que o nobre moço pensa que estamos envolvidos na morte de Polônio! Ah, isso me atinge visceralmente, matando-me pouco a pouco!

Nesse momento ouve-se um vozerio vindo do lado de fora do castelo, uma grande agitação, muitas vozes, muita gente reunida...

– Meu Deus, que barulho é esse? – pergunta a rainha, assustada.

– Alerta! – grita o rei. – Onde está minha guarda suíça? O que está havendo?

Pelo portão principal do Kronborg, entra um cortesão, homem de confiança do rei, trazendo notícias do lado de fora:

– Há uma espécie de bando que acompanha o jovem Laertes, senhor. O oceano ultrapassando seus limites não devora a terra com mais fúria! E o povo o aclama, meu rei! – explica o cortesão.

Na Dinamarca, havia eleições para a corte, mas não sem um forte motivo, muito menos se o candidato fosse alguém estranho ao sangue real, como Laertes. E o que o cortesão dizia era que os cidadãos estavam aplaudindo, com mãos, línguas e gritos, "Laertes será rei! Laertes será rei!".

Efetivamente, ouvia-se dentro do castelo tais manifestações populares. Inconformada, a rainha protesta:

– Com que alegria ladram esses falsos cães dinamarqueses! Porém, farejam a pista ao contrário... – ela proclama, quando um forte ruído os interrompe.

– Arrebentaram a porta! – grita o rei, indignado.

E pelo portão entreaberto passam algumas pessoas para dentro do castelo. O primeiro é Laertes, seguido de alguns soldados e uma dezena de populares. O jovem aparece exaltado, a espada em punho:

– Onde está esse rei? – brada o filho de Polônio, como se quisesse tirar satisfações com o soberano sobre a morte de seu pai. – Senhores, fiquem lá fora! – ele orienta seus seguidores que, relutantes, acatam o pedido de seu protegido. Volta-se para Cláudio e braveja: – Vamos lá, rei canalha, devolva meu pai!

Gertrudes pede calma, muita calma a Laertes. Interpõe-se entre ele e o rei, e segura-o pelo braço, temendo uma agressão a seu marido. Laertes volta à carga:

– O que pensa? Se me restar uma única gota de sangue, será suficiente para acusá-lo... Bastardo! – ele xinga, ameaçando agredir o rei, e sendo contido por Gertrudes.

– Pode deixar, Gertrudes... Qual a razão dessa rebelião tão gigantesca, Laertes? Pode soltá-lo, Gertrudes, não tema por mim... – pede o rei, encarando Laertes. – E então, Laertes, por que essa fúria?

Laertes parece respirar fundo, tentando distender o corpo. A rainha o solta e o jovem, agora controlado, pergunta:

– Onde está meu pai?

– Morto! – responde o rei.

– Mas não pelas mãos do rei – complementa a rainha, apontando para Cláudio.

– Como foi que meu pai morreu? – indaga Laertes. – Não pensem que me enganam! Eu desafio a todos, nada temo! Cheguei ao extremo em que já não me importa esse ou o outro mundo... Aconteça o que acontecer, quero apenas vingar meu pai!

– Muito bem, meu jovem, guarde essa espada... – pede Cláudio, com muita calma. Laertes acata a solicitação do rei, que o abraça fraternalmente: – Meu jovem, eu o entendo. Se deseja conhecer a verdade sobre a morte de seu caro pai, terá que jogar todas as fichas nesse jogo, arrastando com você amigos e inimigos, vencedores e vencidos! Está preparado?

– Para os bons amigos, abrirei meus braços e sacrificarei minha vida, como fazem os pelicanos alimentando suas crias com o próprio sangue. – Laertes demonstra sua força, comparando-se à ave e ao modo que, na época, acreditava-se que cuidava de seus filhotes.

O rei, então, dá início a seus esforços junto ao jovem filho de Polônio, rogando que acredite em sua inocência quanto à morte do pai:

– Eu sinto a dor mais profunda pelo ocorrido e isso ficará claro em seu julgamento, estou certo disso! – profere o rei, quando volta a gritaria e o tumulto no lado de fora do castelo.

Alguém grita da porta: "Deixem-na entrar!". É Ofélia que retorna, no mesmo estado de antes, agora trazendo flores nas mãos. É seguida por Horácio, que permanece próximo, em silêncio.

Laertes sente-se condoído ao ver a irmã tão apática e alienada. Seus olhos ardem em lágrimas. O jovem jura vingar também a loucura da irmã, sem compreender os ventos do destino, que sacrificaram a razão de uma donzela e a vida de um velho. Ofélia volta a cantar, e novamente o mesmo tema:

– Puseram-no num caixão
com o rosto descoberto.
trá-lá-lá, trá-lá-lá...
Caíram chuvas de lágrimas
em seu túmulo...

Ela interrompe. E diz ao irmão: – Vai em paz, meu pombinho!

Todos se sentem penalizados com o estado de Ofélia, que canta e roda pelo pátio até parar diante dos presentes e começar a distribuir-lhes as flores:

– Esta é um rosmaninho, que serve para a lembrança – entrega para Laertes. – Não esqueça, irmão... Ah, esta também é sua: amores-perfeitos, para o pensamento e para a melancolia...

– Uma lição na loucura – comenta Laertes, emocionado. – Pensamentos e recordações se harmonizam!

– Esta erva-doce é para o senhor – Ofélia a entrega ao rei. – É excelente para a hipocrisia – explica, para constrangimento de Cláudio.

A moça volta-se para a rainha e oferece:

– Estas aquilégias são suas, minha senhora... Servem para ingratidão e infidelidade – diz, entregando um ramo para Gertrudes, que olha de soslaio para Cláudio. E, como se não bastasse, entrega-lhe também uma margarida, arrematando: – É muito boa para fingimento e falsas juras de amor!

As últimas flores dedica a si mesma: arrudas, para a tristeza e a amargura. Ofélia aperta-as contra o peito, lágrimas nos olhos de autocomiseração. Por fim, vira-se para Horácio e comenta:

– Gostaria de lhe dar algumas violetas – referindo-se à flor da fidelidade –, mas murcharam todas quando meu pai morreu... Dizem que ele teve um bom fim, será verdade? – Ela deixa a pergunta no ar e se afasta, cantando e dançando pelo pátio, para as dependências de dentro do castelo.

– Pobre Ofélia – lamenta-se Laertes –, consegue transformar mágoa, aflição, sofrimento e o próprio inferno em graça e encantamento...

O rei suplica a Laertes que o deixe partilhar de sua dor. Pede que converse com os amigos mais sensatos que tiver, para comprovar que ele, Cláudio, não está envolvido na morte de Polônio.

– Se julgarem que tenho culpa, entrego-lhe o Reino, a coroa, minha vida e tudo o mais que me pertença, como forma de reparação – diz Cláudio, confiante. – Mas, se perceber que não é assim, tenha paciência: trabalharemos de acordo com o que dite sua alma e esclareceremos por completo esse caso – propõe o rei, sem querer entregar o nome de Hamlet na frente da rainha.

Gertrudes parece desconfiar das intenções do marido, mas se cala. Laertes concorda com os termos de Cláudio, dando-lhe um voto de confiança:

– Pois que possamos entender o modo como meu pai morreu e o obscuro funeral que recebeu, sem troféus nem espada, sequer um escudo sobre os ossos, nenhum rito nobre ou alguma pompa mortuária – Laertes lamenta, inconformado, fazendo referência aos costumes nos enterros de nobres de grande estima.

O rei, então, firma o acordo:

– Você terá as respostas de que precisa, meu jovem. Onde o mal estiver, cairá sobre ele o machado fatal! Dou-lhe minha palavra!

Capítulo XVI

O clima em Elsinor não andava nada bom para o lado do rei e de toda a corte dinamarquesa. A suposta loucura do príncipe Hamlet e seu inesperado desterro na Inglaterra, somados à igualmente inesperada morte de Polônio, e ainda o retorno de Laertes e o desequilíbrio de sua irmã Ofélia, a soma de todos esses fatos desestabilizava o Reino da Dinamarca.

Horácio, fiel amigo de Hamlet, angustia-se cada dia mais com a ausência de notícias do príncipe. Em uma das poucas pausas da incumbência atribuída pelo rei – a de vigiar Ofélia –, Horácio recebe um criado do castelo.

– Senhor, alguns homens querem vê-lo – anuncia o criado.

– Quem são?

– Gente do mar, senhor. Trazem cartas.

– Então mande-os entrar imediatamente!

Ao avistar os marujos, Horácio pede que se manifestem logo, dispensando as cordialidades e apresentações.

– Trago uma carta, senhor – anuncia um deles. – Foi enviada pelo embaixador que ia para a Inglaterra.

Horácio logo supõe que se trata de uma falsa identidade, apresentada por Hamlet para não ser identificado pelos marinheiros. Toma-lhe a carta das mãos, arranca o lacre que a selava e retira-se de lado, buscando luz próximo à janela da sala onde se encontra.

"Horácio,

quando tiver corrido os olhos por estas linhas, facilite a estes homens uma maneira de chegarem ao rei, pois envio cartas para ele também.

Em nossa viagem para a Inglaterra, não havíamos cumprido dois dias em alto-mar quando um navio pirata fortemente armado nos deu caça. Como estávamos muito lentos de vela, com ventos fracos, tivemos de demonstrar grande bravura e coragem. No momento em que nos abordaram, saltei para o navio corsário. Ocorre que logo em seguida o barco se afastou do nosso e fiquei sendo o único prisioneiro. Mas os atacantes demonstraram comigo uma curiosa tolerância! Eles sabiam o que faziam, pois agora esperam que lhes retribua o favor, possivelmente lhes concedendo postos na armada.

Meu bom amigo, faça com que o rei receba as cartas que envio e venha ao meu encontro com a pressa que teria para fugir da morte. Tenho palavras para confidenciar em seus ouvidos; elas o deixarão mudo, você verá! Mesmo assim são munição ligeira para o calibre do assunto...

Essa boa gente – ou bons ladrões, não sei ao certo – o conduzirá até onde estou. Aguardo-o com grande expectativa, amigo.

Ah, antes que me esqueça: Rosencrantz e Guildenstern seguem em viagem à Inglaterra. Mas sobre eles tenho muito para contar. Aguarde. Adeus.

Aquele em quem pode confiar,

                Hamlet."

– Venham, marujos, vou abrir caminho para as cartas que trazem! – Horácio conduz os marinheiros. – Mas trabalhem o mais depressa possível... E me levem o quanto antes àquele que me escreveu!

Capítulo XVII

– **N**ão posso acreditar... Hamlet fez isso? – surpreende-se Laertes com a revelação, feita pelo rei, de que fora o príncipe o assassino de Polônio.

– Agora sua consciência deve selar minha absolvição – pede o rei, aliviado. – E coloque-me em seu coração como um amigo, meu bom Laertes.

– Mas por que Hamlet tirou a vida de meu pai?

– Na realidade, o assassino de seu nobre pai atentava contra mim, queria acabar com a vida do rei da Dinamarca! – Cláudio dá a sua versão dos fatos.

O rei explica a Laertes os dois motivos de não ter agido contra o ato criminoso do príncipe: a mãe de Hamlet parece viver apenas pelo filho. Além disso, a alma e a vida do rei estão conjugadas à alma e à vida da rainha, como uma estrela se prende à sua órbita, fazendo com que uma se mova em função da outra.

– E o outro motivo? – pergunta Laertes.

– O grande amor que as pessoas comuns têm pelo príncipe. Não poderia arriscar um confronto público, pois o povo o endeusaria, transformando-o em herói – explica o rei. – Minhas flechas, de hastes muito leves para vento tão forte, não atingiriam o alvo e voltariam contra mim!

Laertes lamenta haver perdido o nobre pai e ainda ver a irmã lançada ao desespero. Promete vingança! O rei aproveita a emoção do jovem e dá início a seu plano:

– Não pense que somos insensíveis, Laertes... Em breve saberá mais sobre o destino do príncipe – ele diz, referindo-se às notícias que aguarda, vindas da Inglaterra, anunciando a morte de Hamlet. – Eu amava seu pai como a mim mesmo, e isso o fará entender... – discorre Cláudio, quando é abruptamente interrompido pela chegada do mensageiro da corte. – O que foi? Alguma notícia?

– Sim, meu senhor. Cartas do príncipe, entregues há pouco por dois marujos – diz o mensageiro, estendendo ao rei dois envelopes selados. – Esta é para Sua Majestade, e esta para a rainha – completa, antes de se retirar.

Surpreso, Cláudio abre a correspondência a ele dirigida e a lê, em voz alta, compartilhando as notícias com Laertes:

"Alta e Poderosa Majestade", inicia a carta com exagero de tratamento, relembrando a costumeira ironia do príncipe. *"Saiba que fui deixado nu em seu reino. Amanhã pedirei permissão para estar ante seus olhos reais, ocasião em que eu, desde já pedindo-lhe perdão, narrarei os motivos de meu estranho e inesperado regresso. Hamlet."*

– Que quer dizer isto? – indaga-se o rei, confuso. – E os outros? Rosencrantz e Guildenstern estão voltando ou não? Será um truque, uma impostura de meu sobrinho? Será tudo falso?

– O senhor reconheceu a letra? – pergunta Laertes.

– Sim... É a caligrafia de Hamlet! – Cláudio confirma. – Aqui ele diz *"nu"*... E aqui no final há uma nota... Ele assinala: *"Voltei sozinho"*!

Cláudio não percebe que as palavras de Hamlet são uma ameaça velada ao rei da Dinamarca. Em realidade, o príncipe voltava ao seu país "nu", isto é, sem recursos, pois fora roubado durante a viagem. Mas também quer dizer que voltava "nu" como uma criança recém-nascida, ou renascida... Renascido para a vingança!

– Você consegue explicar? – o rei pergunta a Laertes.

– Estou perdido, senhor – responde o jovem, igualmente confuso. – Mas não importa: deixe que ele venha! Isso tudo apenas reaquece meu coração sofrido! Estou louco para lhe dizer cara a cara: "Assassino! Como teve a coragem de matar meu pai?!".

– Sendo assim, Laertes, e não poderia ser diferente, deixará que eu lhe guie e diga que passos deve dar? – propõe o rei.

– Sim, meu senhor, desde que não me conduza à conciliação e à paz – Laertes aceita condicionalmente.

– Eu o conduzirei à sua própria paz. Se Hamlet realmente voltou, já sei o que fazer. Ele não escapará à morte! – vaticina o rei. – E não haverá um sopro de suspeita. Até mesmo a mãe dele, minha querida Gertrudes, pensará que se tratou de um acidente. Preste atenção no que vou lhe dizer...

O rei expõe, então, o seu plano ao filho de Polônio. Entretanto, antes de detalhar as ações, o rei revela que o seu nome – o de Laertes – andou na boca do povo durante sua ausência de Elsinor.

– E por que falavam de mim?

– O falatório foi provocado por comentários acerca de certa habilidade sua, Laertes. E tudo isso gerou profunda inveja no príncipe, meu caro!

– E que habilidade é essa, meu senhor, já que a desconheço?

– Há dois meses esteve aqui um fidalgo da Normandia – conta o rei, relatando a visita de um nobre francês. – Esse galante senhor exibiu-nos suas extraordinárias proezas de cavaleiro, encantando-nos com suas evoluções e acrobacias...

– Disse que era um normando... Aposto como era Lamord! – arrisca Laertes, referindo-se a um homem que parecia trazer "a morte" no próprio nome.

– Esse mesmo – confirma o rei.

– Eu o conheço bem. É a joia, a pedra preciosa de toda a nação francesa – comenta Laertes. – Mas o que tenho a ver com isso?

– Ocorre que ele se inclinava ao ouvir seu nome. Falou de você como um mestre sem par na arte e na prática da esgrima, particularmente no uso do florete. Chegou a comentar: "Seria verdadeiramente um espetáculo se tivesse um rival, um adversário à altura" – relata o rei. E completa: – Essa grande estima expressa pelo nobre cavaleiro envenenou Hamlet de inveja, a ponto de deixá-lo sedento por esgrimir com você!

A provável inverdade do rei – ou, no mínimo, grande exagero por parte dele – serve de lastro para a sua última intenção:

– Laertes, se você amava o seu pai...

– Claro que o amava, senhor!

– Pois, então... Hamlet está de volta, já sabemos. O que está disposto a fazer para mostrar que honrava seu pai? Pergunto por atos e não por palavras! O quê? – o rei o incita, com perspicácia.

– Cortar-lhe o pescoço em plena igreja, se possível! – explode Laertes, dizendo exatamente o que Cláudio queria ouvir.

– Na igreja? Bem, nenhum lugar devia dar asilo a um assassino, nem impor limites à vingança... – articula o rei.

Cláudio vai, dessa forma, direto à trama que planeja. Farão de tudo para provocar um entrevero entre Laertes e Hamlet; e deverá apostar-se nas duas cabeças. Na hora do embate, sabedores da negligência e generosidade de Hamlet, ele certamente não examinará as armas. Sendo assim, poderão escolher floretes sem botões – pequenas bolas de madeira ou couro que se põe na ponta de uma espada para que a estocada, ou um toque involuntário, não fira o adversário.

– Aí, Laertes, num golpe traiçoeiro, você o acerta e o príncipe pagará a vida de seu pai com a vida dele! – o rei completa a exposição de seu estratagema.

– Assim farei! – promete o disposto Laertes. E, astuto, sofistica o plano: – Untarei minha espada com veneno! Um charlatão me vendeu um certo unguento, tão mortal que basta mergulhar nele uma lâmina para, ao entrar em contato com o sangue, matar o mais poderoso dos homens. Composto de todas as ervas que a lua alimenta de virtudes, Hamlet não se livrará da morte se vier a sofrer um mísero arranhão!

Excitado com a disposição do jovem, o rei estende sua tática para o caso de ocorrer alguma falha no desempenho de Laertes. E, como apoio, planeja que, se no meio do combate sentirem calor e sede, e Hamlet pedir algo para beber, um cálice estará preparado para essa situação.

– Bastará um simples tocar de lábios para coroar nosso plano – prevê Cláudio, quando ouve a voz de alguém se aproximando. – Quem vem aí, gritando tanto?

Gertrudes interrompe os dois, adentrando desesperada o gabinete de Cláudio. Aos prantos, ela anuncia:

– Uma desgraça corre sempre no calcanhar de outra... Sua irmã, Laertes...

– Ofélia? O que houve com minha doce irmã?
– Ela se afogou, meu jovem! Ofélia se afogou!
– Afogou-se? Onde? – aflige-se Laertes.

Gertrudes conta que Ofélia foi até o riacho próximo ao castelo, levando consigo estranhas grinaldas de botões-de-ouro, urtigas, margaridas e compridas orquídeas encarnadas. Ao tentar subir nos galhos inclinados de um salgueiro que se projetava sobre o rio, tentando neles pendurar as coroas de flores, um maldito galho se quebrou: Ofélia e seus troféus floridos despencaram nas corredeiras de águas soluçantes.

– Suas roupas inflaram e, tal qual uma sereia, manteve-se boiando por certo tempo – relata a rainha. – Enquanto boiava, Ofélia cantada fragmentos de antigas canções, inconsciente da própria desgraça, como se fosse uma criatura nascida e criada nas águas... Mas logo suas roupas, encharcadas, arrastaram a infeliz para uma morte lamacenta!

Laertes, desesperado com o relato de uma morte que mais parecia um suicídio que um acidente, não consegue controlar o pranto, prometendo que serão as últimas lágrimas derramadas em sua vida. Sem mãe, sem pai e agora sem irmã, pensava não haver mais lugar para um coração doce e terno.

– Sinto-me em fogo, um dragão pronto para explodir suas chamas – revela Laertes. – Mas minha fraqueza agora parece apagá-las... – ele se lamenta, deixando o gabinete do rei cabisbaixo e triste.

– Vamos atrás dele, Gertrudes... Precisamos acalmar sua fúria! – diz Cláudio, preocupado. – Temo que esse infortúnio o inflame de novo...

O rei aproveita-se de uma nova desgraça na vida de Laertes para preparar o terreno e justificar futuras ações do filho de Polônio. Com a volta de Hamlet e a morte de Ofélia, o confronto entre Laertes e o príncipe será inevitável, espera o rei.

Capítulo XVIII

Horácio e Hamlet encontram-se secretamente nos arredores do castelo, próximo ao cemitério onde estão enterrados os membros da família real – o pai de Hamlet, inclusive – e os nobres da mais alta classe – como Polônio, ex-conselheiro do rei Cláudio.

Os amigos e colegas de Universidade caminham tranquilos e conversam sobre os últimos acontecimentos. Horácio conta a Hamlet sobre o desequilíbrio e a alienação de Ofélia, mergulhada em imensa dor após a frustração de seu amor pelo príncipe e o falecimento do pai. Hamlet, por sua vez, conta-lhe sobre o que viu antes de partir para a Inglaterra:

– A caminho do porto, meu caro Horácio, avistei uma tropa numerosíssima, centenas de homens marchando sob a bandeira da Noruega!

– Intentavam contra o nosso reino?

– Não, não... Encontrei um capitão de nosso exército que me pôs a par da situação. Contou-me que o jovem Fortimbrás, príncipe norueguês, estava com seus homens a caminho da Polônia, a fim de conquistar um pedaço de terra, que mais valeria ter comprado do que conquistado à força... Sabe-se lá quantos homens não morreram nessa empreitada!

– Mas o nosso capitão não os impediu? Afinal, estavam em solo dinamarquês, não? – Horácio quer esclarecer.

– Ele tinha autorização de nosso rei, cunhado e marido de minha mãe... – explica Hamlet, ainda mostrando rancor ao falar de Cláudio e Gertrudes.

Na realidade, importava mais a Hamlet contar a Horácio o que se passou com ele internamente do que falar sobre a movimentação das tropas e seus objetivos.

– Fiquei pensando, Horácio: o que é a vida? De que vale vivê-la? Para morrer? Para dormir? Se num exército morrem milhares, apenas pelo capricho de um príncipe, por que eu não me ariscaria mais no intento de minha vingança? O que tenho a perder, se não simplesmente a vida? – Hamlet avalia sua existência, buscando forças para suas ações futuras. – Daí por diante, Horácio, meus pensamentos são tão somente sangrentos... Ou não serão nada!

O príncipe e seu amigo passam sob o portal de entrada do cemitério e veem dois homens, de aspecto rústico, carregando pás e enxadões. Eram um coveiro e seu ajudante. Eles param em uma área um pouco descampada, fincam suas pás no solo e conversam. Hamlet e Horácio guardam certa distância e, sem serem vistos, ouvem o diálogo.

– Como? Vão enterrar numa sepultura cristã? Mas não foi ela mesma quem procurou voluntariamente a salvação? – O coveiro mostra-se indignado, uma vez que não havia enterros tradicionais para os que se matavam, que eram sepultados em lugares ermos e pagãos.

– O enterro será cristão, sim. E vamos cavar bem depressa, que o cortejo chega logo! – avisa o ajudante.

– Como pode ser? Ela se afogou em legítima defesa?! Se o afogamento é voluntário, isso prova que há um ato, e um ato tem três galhos: a meditação, a resolução e a execução. Portanto, foi um afogamento intencional! – raciocina o confuso e discursivo coveiro.

– Quer que eu lhe diga? – pergunta o ajudante. E, sem esperar a resposta: – Se não fosse bem-nascida, uma dama da nobreza, certamente não teria uma sepultura cristã.

– Você disse tudo... – concorda o coveiro. – Agora me responda: quem constrói mais forte que o pedreiro, o engenheiro e o carpinteiro?

– O armador de forcas – responde o ajudante. – Sua construção sobrevive a mais de mil inquilinos.

– Gostei do seu espírito. Nessa você se saiu bem – elogia o coveiro. – Também poderia ter dito que a Igreja constrói mais forte, pois é mais poderosa... Mas a resposta correta, para quando lhe perguntem sobre isso, é: "o coveiro". As casas que ele ergue duram até o Juízo Final! – ele responde, sorrindo. – E então, nessa eu lhe peguei, hein? Agora, vá buscar um copo de bebida para mim, vai! – ordena, sendo prontamente atendido pelo colega.

Hamlet fica admirado com o humor do pobre homem, ali a cavar um buraco na terra. Ouve-o cantar enquanto trabalha e, sem conseguir conter-se, comenta com Horácio:

– Esse camarada não tem consciência do trabalho que faz, cantando enquanto abre uma sepultura?

– O costume transforma isso em coisa natural – Horácio responde, sabiamente.

Seguindo com seu trabalho como quem serve a mesa ou varre um salão, o coveiro retira uma caveira do fundo do buraco. Ele a admira, como se procurasse reconhecer sua identidade e, num gesto de desprezo, atira-a para fora.

– Como o crápula consegue atirar um crânio ao chão? – surpreende-se Hamlet. – Essa cabeça já teve uma língua um dia, e podia cantar... Quem sabe foi o crânio de um politiqueiro, ou de alguém que acreditou ser mais que Deus, ou de um cortesão lambe-botas de um príncipe... Mas agora sua dona é a Madame Verme! Meu Deus, esses pensamentos fazem meus ossos doerem...

O coveiro segue cantando e cavando. E retira outra caveira do fundo da cova. O príncipe se aproxima, pega o crânio do chão, examina-o em detalhes e tenta adivinhar a quem pertenceu, imaginando se essa pessoa não mereceria ter deixado uma herança mais nobre do que uma simples caixa óssea. Hamlet bate na caveira e coloca-a de lado. Avança até o coveiro e lhe pergunta:

– De quem é essa cova, amigo?

– Minha, senhor – ele responde, e volta a cantar.

– Claro que é sua, pois está dentro dela – brinca Hamlet.

– Sua é que não é – ressalva o coveiro. – Eu não estou estirado nela, mas ela é minha, posso lhe garantir.

– A cova que cava é coisa de morto, não de vivo – devolve Hamlet. – Um vivo na tumba está só confinado.

– Resposta bem viva, senhor: xeque-mate! – responde o coveiro, divertindo-se com o jogo de palavras.

– Para que homem é essa cova, amigo? – Hamlet volta à pergunta inicial.

– Para homem nenhum, senhor.

– Para qual mulher, então?

– Nenhuma, também.

– Então o que é que vai enterrar aí?

– Alguém que foi mulher, senhor, mas que já morreu – responde o coveiro, quase sem responder ainda.

– O patife é esperto! Devemos falar com precisão para que não nos devolva com ambiguidades – Hamlet comenta com Horácio. E volta-se para o coveiro: – Há quanto tempo você é coveiro?

– Desde o dia em que o falecido rei Hamlet venceu o velho Fortimbrá.

– E há quanto tempo foi isso?

– Ora, qualquer idiota sabe! Foi no mesmo dia em que nasceu o príncipe Hamlet, o que ficou maluco e foi mandado à Inglaterra!

Hamlet anima-se com a conversa. Quer conhecer a versão de um homem comum sobre os fatos que dizem respeito a sua vida. Ouve do coveiro que o príncipe ficou maluco, por isso foi exilado.

– Mas se não voltar não tem importância... Lá na Inglaterra, todos são doidos! – o coveiro faz seus julgamentos.

O coveiro retira da terra o terceiro crânio. Curioso, Hamlet fica sabendo que era de Yorick, o bobo da corte.

– Deixe-me vê-lo... – Hamlet pega o crânio e o examina. – Olá, pobre Yorick! Ele era um rapaz de infinita graça e fantasia, Horácio. Mil vezes me carregou de cavalinho... Que horror – diz o príncipe, passando os dedos pelos dentes da caveira. – Beijei estes lábios não sei quantas vezes! E agora, Yorick, onde andam suas piadas, suas cambalhotas, suas cantigas, sua alegria que me arrancava gargalhadas? Como posso estar aqui zombando de sua dentadura? Que falta de espírito! Mas... esperem, quem vem ali?

Hamlet e Horácio veem aproximar-se um cortejo fúnebre. A guarda real abre o caminho, anunciando a presença do rei e da rainha. Hamlet e Horácio afastam-se para não serem vistos. Os dois amigos sentam-se sobre uma lápide e espionam. Em seguida ao rei e à rainha, vêm Laertes e o corpo de Ofélia, carregado sobre um ataúde aberto. A distância, Hamlet não reconhece Laertes, nem o corpo que será sepultado. Atrás de todos, uma procissão, liderada por um sacerdote e acompanhada por fidalgos cortesãos.

Hamlet percebe que o cortejo estava incompleto, sem ornamentos e os cerimoniais típicos de um enterro cristão. Os indícios apontavam para o sepultamento de um suicida.

– Mais alguma cerimônia? – pergunta Laertes ao sacerdote.

Hamlet reconhece o jovem filho de Polônio, o que aguça sua curiosidade. Ouve atentamente a resposta do religioso:

– As exéquias foram celebradas nos limites a que fomos autorizados. Sua morte foi suspeita. Não fosse a ordem superior – partida do próprio rei, insinua o sacerdote –, ela teria sido enterrada em terreno não consagrado, ali permanecendo até o Juízo Final.

– Não se pode fazer mais nada? – implora Laertes.

– Não, senhor. Cantar um réquiem, como fazemos para o descanso das almas que partiram em paz, será profanar o ofício dos mortos – explica o sacerdote.

– Pois desçam-na para a cova: que de sua carne pura possam brotar violetas! – brada Laertes. – Ouve o que eu digo, miserável sacerdote: enquanto você estiver uivando no inferno, minha irmã irá pairar como um anjo mediador!

Só então, o jovem Hamlet percebe tratar-se do enterro de Ofélia, a "pura Ofélia" em suas palavras de espanto. Ele vê a rainha espalhar flores sobre a cova, dando seu último adeus e lamentando não tê-la visto esperar seu dileto filho:

– Pensava adornar seu leito de noiva, doce criatura, e não florir sua sepultura... – lamenta Gertrudes.

Laertes, a cada instante mais descontrolado, vocifera contra a tríplice desgraça que se abatera sobre o reino – referindo-se ao enterro do antigo rei, de seu pai e agora de sua irmã. E, num ato de desespero, salta dentro da sepultura, querendo abraçar a irmã pela última vez:

– Agora, cubram de pó o vivo e a morta, até que essa planície se transforme num monte mais alto que o Pélion, ou do que o pico azulado do Olimpo que penetra o firmamento – diz Laertes, citando a mitologia grega.

Incontido, Hamlet não consegue permanecer isolado. Ele quer compartilhar a dor que sente pela partida de Ofélia. E se anuncia, avançando em direção ao cortejo:

– Quem é esse homem cuja mágoa se adorna com veemência? Cujo grito de dor enfeitiça as estrelas errantes, detendo-as no céu, como se estivessem petrificadas a nos ouvir? Quem? – pergunta. E ele mesmo responde: – Esse sou eu: Hamlet, o dinamarquês! – proclama-se como se fosse, e de fato poderia ser, o rei da Dinamarca.

Inesperadamente, o príncipe salta para dentro da cova. Laertes se assusta. Frente a frente com Hamlet, ele grita:

– Que o demônio carregue a sua alma!

Os dois se atracam. Lutam. Laertes aperta o pescoço do príncipe com as mãos. Hamlet reage:

– Péssimo modo de rezar, meu caro. Tire seus dedos de minha garganta! Cuidado comigo, pois trago em mim uma força muito perigosa... E você a conhece bem, Laertes!

– Separem-nos! – ordena o rei.

– Hamlet! Hamlet! – suplica a rainha.

Vendo a relutância da guarda em agir contra o príncipe, os cortesãos presentes apartam os dois. Horácio procura conter o amigo:

– Calma, meu bom senhor... Acalme-se, por favor!

– Por esta causa lutarei com ele, até que minhas pálpebras parem de pestanejar! – promete Hamlet.

– Oh, filho meu, que causa é essa? – pergunta a rainha.

– Eu amava Ofélia! – revela o príncipe. – Quarenta mil irmãos não poderiam, somando seu amor, equipará-lo ao meu! – Volta-se para Laertes e o desafia: – O que você fará por ela? O quê?

– Ele está mesmo louco! – o rei tenta fazer com que Laertes não aceite a provocação, ao menos naquele instante.

A rainha pede que deixem seu filho em paz, mas Hamlet nem sequer parece ouvi-la, e volta a provocar Laertes:
– O que pretende fazer? Vai chorar, lutar, jejuar? Vai se partir em pedaços? Beber um rio? Comer um crocodilo? – Hamlet continua a desafiá-lo. – Eu farei isso! Você veio aqui para choramingar? Para me desafiar saltando à sepultura? Mande que o enterrem vivo, junto dela, e eu farei o mesmo!

Laertes mostra-se assustado e mantém-se silencioso, sem responder aos desafios de Hamlet. A rainha e o rei ponderam, creditando as ações do príncipe a sua suposta loucura.

Hamlet, no entanto, parece refletir melhor e procura apaziguar os ânimos, dizendo a Laertes:
– Ouça-me, cavalheiro: por que razão me trata desse modo? Eu sempre o estimei tanto... mas não importa: mesmo que Hércules use toda a sua energia, o gato miará e o cão terá o seu dia! – conclui o príncipe, insinuando que nada, nem mesmo a força de um Hércules, pode interromper o curso natural das coisas. Hamlet acha que Laertes é um pequeno Hércules e, apesar do seu silêncio, acabará conseguindo o que quer, ou seja, o trono da Dinamarca.

Hamlet deixa o cemitério e o rei pede a Horácio que o siga, vigiando seus passos.

Em seguida, Cláudio chama Laertes de lado, suplicando paciência ao jovem, não se esquecendo da conversa da noite anterior, na qual os dois planejaram o golpe fatal contra o príncipe.

– Em breve chegará a nossa hora de paz, se agirmos com paciência audaz – dita o rei. – Esta cova terá um monumento duradouro! – finaliza, fazendo Laertes entender que a morte de Hamlet seria uma homenagem à memória de Ofélia.

Capítulo XIX

Horácio e Hamlet conversam muito a respeito do ponto a que haviam chegado as relações na corte. Desde a morte do rei Hamlet, o Kronborg e a Dinamarca veem-se espelhados na desgraça, numa sucessão de conspirações e atos sanguinários e monstruosos, alguns deles casuais, mas todos permeados por muita violência, física e espiritual.

Os dois amigos caminham pelos infindáveis corredores do castelo, até chegarem ao salão de banquetes e festas, onde se acomodam em assentos de audiência. Recordam-se da peça ali encenada e da ira manifestada por Cláudio durante a representação do assassinato. Hamlet lembra-se ainda da oportunidade que teve, e desperdiçou, de matar seu tio enquanto este rezava.

– Depois veio o embate com minha mãe e aquela fatalidade... Pobre otário! – Hamlet refere-se a Polônio e seu trágico destino. – Daí veio a viagem à Inglaterra...

– Mas, meu príncipe, ainda não me contou sobre o destino de Rosencrantz e Guildenstern – solicita Horácio.

– Era justamente o que pensava em fazer... – comenta Hamlet. – Amigo, em meu coração havia uma espécie de luta que me impedia de dormir naquele navio. Sentia-me pior do que um amotinado preso no porão de uma embarcação...

Hamlet conta a Horácio que teve a sorte de agir impulsivamente. No meio da noite, insone, saiu de sua cabine enrolado numa manta, tamanho era o frio naqueles mares gelados. Tateou no escuro até localizar onde dormiam Rosencrantz e Guildenstern. Silenciosamente, encontrou o pacote que trazia os documentos reais, as tais cartas seladas para o rei inglês. Hamlet levou-as até o seu beliche e, num golpe de audácia, dominando o medo e qualquer escrúpulo que pudesse ter, violou os selos dos solenes despachos.

– Você não acreditará no que encontrei, Horácio... Oh, canalhice real! Havia uma ordem precisa, justificada em inúmeras espécies de razões, todas elas concernentes à segurança dos reis da Dinamarca e da Inglaterra... Enfim – conta o príncipe –, falava dos horrores e fantasmas que surgiriam se eu continuasse vivo. Em resumo, pedia que, assim que a ordem fosse lida, e sem perda de tempo, nem mesmo o de afiar o machado, deviam cortar a minha cabeça!

– Não é possível! – horroriza-se Horácio.

– Verdade... Aqui está o despacho – Hamlet oferece a carta a Horácio. – Leia-o com calma quando tiver tempo. Quer saber o que fiz?

– Claro! Pelo amor de Deus, conte-me! – implora Horácio, ansioso por conhecer todos os fatos.

O príncipe relata a Horácio os detalhes de seu procedimento, ou seja, que foi inventar uma nova mensagem, a qual escreveu com letra bastante burilada:

– Assim como qualquer de nossos estadistas, eu também achava humilhante escrever com letra caprichada e me esforcei ao máximo para esquecer essa arte subalterna – lembra-se Hamlet, referindo-se a um costume da época, que considerava a caligrafia como uma arte menor.

– Mas naquele momento, meu amigo, ela me prestou um ótimo serviço... Quer saber o teor da mensagem?

– Claro, Alteza!

Na mensagem, o rei da Dinamarca fazia um apelo urgente – já que o rei da Inglaterra é seu fiel tributário, e já que a paz deve sempre trazer sua coroa dourada, e muitas outras justificativas –, um apelo para que, sem qualquer outra deliberação, fosse dada morte aos portadores da carta, não lhes concedendo nem tempo para a confissão.

– Quer dizer que o senhor... Ou melhor: quer dizer que o rei ordenava a morte imediata de Rosencrantz e Guildenstern? – Horácio pede a confirmação do que entendeu.

– Exatamente! – corrobora o príncipe.

– E como selou o escrito, senhor?

– Nisso os céus me ajudaram – Hamlet admite sua sorte.

– Eu tinha na bolsa o sinete de meu pai, cópia fiel do selo da

Dinamarca! Depois, dobrei a folha como estava a outra, assinei-a e coloquei-a no lugar da verdadeira. Fiz tudo como fazem as fadas ao trocar uma criança, sem que percebessem...

– E depois, senhor?

– Bem, no dia seguinte fomos abordados pelos piratas... O que vem depois já é de seu conhecimento – lembra o príncipe.

– Então Guildenstern e Rosencrantz caminham para a morte!

– Ora, homem, os dois pediram por isso... Não pesam em minha consciência! – diz Hamlet, convicto do que fez.

Horácio fica impressionado com a maquinação do rei, mandando eliminar o sobrinho, o próprio príncipe. Hamlet, por sua vez, sente-se agora, mais do que antes, no dever justo de abater o rei com suas próprias armas.

– Ele matou meu pai e prostituiu minha mãe – sentencia Hamlet. – Colocou-se entre a eleição ao trono e as minhas esperanças e ainda lançou o anzol da infâmia para pescar a minha própria vida! Não, não será criminoso impedir que esse crápula continue a disseminar sua violência!

Em seguida, Hamlet confessa ao amigo sua tristeza por haver se excedido com Laertes. O príncipe lembra que a imagem de sua causa é o reflexo da dele: assim como Hamlet quer vingar a morte de seu pai, Laertes também deseja vingar a morte do seu. O rei Hamlet fora morto por Cláudio, e Polônio fora morto por ele mesmo, o jovem príncipe.

– Vou cortejar sua amizade – planeja Hamlet. – Porém, para ser franco, a sua ostentação de dor diante da morte da irmã deixou-me furioso! Não sei o que fazer...

– Espere, senhor – Horácio o interrompe. – Quem vem lá?

Nesse instante, entra no salão um jovem cortesão palaciano, de nome Osric. O fidalgo é um interesseiro cortejador do rei e da rainha, um tipo ridicularizado pelos nobres mais sérios. Chega trajando gibão e chapéu à última moda, provocando risos em Hamlet e Horácio.

– Minhas boas-vindas a Vossa Senhoria por haver retornado à Dinamarca – corteja Osric, tirando o barrete e curvando--se profundamente.

– Está bem... – agradece Hamlet. E pergunta a Horácio: – Conhece essa mosca-morta?

– Não, meu senhor – mente Horácio.

– Ele possui muitas terras... E quando um animal é senhor de muitos animais, acaba sendo facilmente admitido na corte. É um senhorio, mas com muitas terras cheias de esterco – critica Hamlet.

Osric inclina-se novamente, com saudações exageradas:

– Amável senhor, se puder conceder-me algum tempo, eu transmitiria uma coisa emanada de Sua Majestade – ele diz, ainda com o chapéu nas mãos.

– Disponho-me a ouvi-la, mas antes coloque essa cobertura de crânio na cabeça, sim? – pede o príncipe, uma vez que na época era honrado manter o chapéu na cabeça em recintos fechados.

– É que faz muito calor... – Osric disfarça.

– Não, faz muito frio! – Hamlet o contradiz, propositadamente.

– É... realmente, meu senhor, faz mesmo um friozinho... – Osric muda de opinião.

– Pensando bem, para o meu temperamento está bom assim, bem quente e abafado... – brinca Hamlet, rindo-se com Horácio.

– Realmente, está sufocante, meu príncipe... – diz Osric, abanando-se com o chapéu. – Mas Sua Majestade conjurou-me a informá-lo de que fez uma grande aposta em sua cabeça.

– Por falar em cabeça... – Hamlet o interrompe, gesticulando para que ponha o chapéu sobre ela.

– Não, senhor, assim fico mais à vontade – Osric insiste, finalmente mostrando alguma firmeza. – Bem, a coisa é a seguinte... Queria falar-lhe da excelência de Laertes, do respeito de que goza em seu mérito incomparável no manejo da arma branca.

– Que arma? – pergunta Hamlet.

– O florete! – esclarece Osric. – Bem, o rei fez uma grande aposta, contando que, numa dúzia de passes entre o senhor e Laertes, este não levará mais do que três toques de vantagem. Laertes impôs, então, que os assaltos sejam doze e não nove como é tradição. E deseja ainda que a disputa seja imediata, assim que Sua Alteza se dignar aceitá-la.

Hamlet pensa um pouco e manda trazerem os floretes, pois vencerá pelo rei, se puder. Caso contrário, ganhará apenas a vergonha e algumas estocadas a mais.

– Devo levar a resposta nesses termos? – pergunta Osric.

– Esse é o sentido – confirma Hamlet. – Mas pode usar os floreios e meneios que lhe são naturais.

– Aceite os meus serviços, Alteza – agradece Osric, inclinando-se em despedida.

– Aceito, aceito... – responde Hamlet.

Osric faz novas reverências, põe o chapéu e sai, absolutamente risonho e saltitante. Hamlet e Horácio riem-se de seus trejeitos.

– Fez bem de oferecer ele próprio seus serviços, pois não acharia quem os oferecesse por ele – comenta o príncipe, sarcástico como sempre.

Meia hora mais tarde, um fidalgo da corte entra no salão para combinar os detalhes do encontro. Confirma o propósito de lutarem em seguida e no próprio salão onde se encontram.

– A rainha deseja que, antes de começar o assalto – avisa o fidalgo –, o senhor dê um acolhimento amável a Laertes.

– Este é um bom conselho, meu senhor – Hamlet agradece e o despacha de volta ao rei.

Preocupado com o príncipe, Horácio o questiona sobre suas condições para a luta, acreditando que vá perder a aposta. No entanto, Hamlet argumenta que tem se exercitado sem cessar nos últimos meses, por isso confia que vencerá com algumas estocadas de vantagem.

O príncipe confessa que uma enorme angústia lhe aperta o coração, uma espécie de pressentimento...

– Não passa de tolice – avalia Hamlet. – Existe uma providência especial até na queda de um pássaro. Se é agora, não vai ser depois; se não for depois, será agora; se não for agora, será a qualquer hora. Estar preparado é tudo! E já que ninguém sabe, por nada nesse mundo, qual a melhor hora para morrer, por que então nos preocupamos?

Capítulo XX

No salão em que se daria o encontro de Laertes e Hamlet, alguns servidores do castelo providenciavam a disposição dos assentos e almofadas para a assistência. Pouco depois, trombetas e tímpanos anunciam a chegada de Cláudio, Gertrudes e quase toda a corte.

Osric e outro nobre, na condição de juízes, trazem os floretes e as luvas de esgrima. Eles colocam o material sobre uma mesa junto à parede lateral. Servidores do rei trazem jarras de vinho e algumas taças, que são ajeitadas em outra mesa, próxima ao rei.

Cláudio conduz Gertrudes para o trono. A rainha e Hamlet encontram-se e deixam escapar um sorriso terno e confiante entre ambos.

O último a chegar é Laertes, vestido a caráter, em trajes de esgrima. O rei o conduz até o príncipe e diz, apoiando sua mão sobre a de Hamlet:

– Venha, Hamlet, venha e aperte a mão que a minha mão lhe estende...

– Dê-me seu perdão, senhor, pois o ofendi – diz Hamlet ao filho de Polônio. – Seja cavalheiro e me perdoe. Toda a corte aqui presente sabe que fui atacado por cruel insânia. Se o agredi, senhor, foi devido à loucura. Quem o ofendeu não fui eu, e sim minha demência, que é minha inimiga e, portanto, também me ofende... Dessa forma, diante desta audiência, garanto-lhe que não tive más intenções, nunca desejei ferir um irmão!

Laertes agradece as palavras de Hamlet e diz que aceita a sua amizade e afeto, prometendo respeitá-lo. No entanto, afirma que seus sentimentos de filho o impelem a resgatar a honra de seu pai.

– Por isso, pela minha honra, não aceito, nem desejo reconciliação – avisa Laertes. – Só poderei falar em paz quando os juízes aqui presentes me autorizarem a fazê-lo! – anuncia o jovem, não abrindo mão do confronto.

Hamlet aceita o desafio, entendendo-o como um encontro amistoso e não como um desafio de morte. Promete lealdade à aposta fraternal e pede os floretes para iniciar a luta.

– Serei o floreado de seu hábil florete – Hamlet diz a Laertes. – A sua perícia brilhará como uma estrela numa noite sombria, refletindo a minha incompetência – o príncipe finge-se humilde.

– Está zombando de mim! – reclama Laertes.

– Juro que não – diz Hamlet, levantando a mão espalmada.

Interrompendo o áspero diálogo, o rei ordena a Osric que lhes entregue os floretes. O exótico nobre traz quatro espadas, para que cada duelista escolha a sua. Laertes experimenta uma delas, cortando o ar em dois simulados golpes.

– Querido Hamlet, conhece a aposta? – pergunta o rei.

– Muito bem, senhor. Vossa Majestade escolheu a parte mais fraca... – afirma, referindo-se a si mesmo.

– Já os vi lutando e nada tenho a temer – garante o rei.

Hamlet pega uma espada das mãos de Osric, experimenta a empunhadura, faz alguns gestos de luta e a aceita:

– Esta me serve. São todas do mesmo comprimento?

– Sim, meu senhor – afirma Osric.

– Esta é muito pesada – comenta Laertes –, pegarei outra.

Laertes dirige-se até a mesa junto à parede, de onde pega a espada anteriormente preparada, com veneno na ponta e no gume afiado.

Enquanto isso, os juízes e alguns servidores preparam o espaço para luta, no centro do salão. Hamlet se apronta para esgrimir. Laertes também se posiciona. Outros servidores despejam vinho num cálice e levam-no até Cláudio. O rei ergue a taça e discursa:

– Se Hamlet der o primeiro ou o segundo toque, quero que os canhões disparem de todas as ameias! – ordena Cláudio. – Se assim for, o rei beberá à saúde de Hamlet e jogará nesta taça uma pérola como a que tenho em minhas mãos – mostra a grande pedra –, mais preciosa do que a usada por quatro reis sucessivos na coroa deste reino! E diga o tímpano à trombeta, e diga a trombeta ao artilheiro que se encontra em seu posto, e digam os canhões ao céu, e o céu à terra: "O rei está brindando a Hamlet!" – finaliza Cláudio. – E agora vamos, comecem! E vocês, caros juízes, abram os olhos!

Cláudio deposita a taça sobre a mesa, onde permanecerá até o momento propício para ser usada, num brinde em homenagem ao príncipe, segundo suas palavras. Soam as trombetas. Hamlet e Laertes tomam posição.

– Em guarda, senhor – diz o príncipe.

– Em guarda, Alteza – responde Laertes.

E os dois esgrimem. O primeiro toque é dado por Hamlet, que grita:

– Um!

– Não! – Laertes nega.

– Julgamento! – Hamlet pede a intervenção dos juízes.

– Um toque bem visível, não há dúvida! – sentencia Osric.

Os juízes interrompem o encontro. Os adversários se afastam. Soam os tímpanos, clangoram as trombetas e ouve-se, lá fora, o disparo de um canhão.

– Muito bem – saúda o rei, levantando-se do trono. Um servidor lhe entrega a taça cheia de vinho. – Hamlet, esta pérola é sua! – anuncia, mostrando o pequeno globo.

Cláudio dá um gole no vinho e depois atira a pérola dentro da taça, deixando cair uma pequena porção de veneno, que se desmancha na bebida.

– Agora é a sua vez – diz o rei para Hamlet. – Levem a taça ao príncipe!

– Agora não, senhor. Antes, mais um assalto. Deixe a taça aí por um momento – pede Hamlet.

Um servidor põe a bebida de lado. A luta recomeça. Os dois esgrimem com habilidade. Hamlet demonstra superioridade, avança agressivamente sobre Laertes e logo consegue um novo toque.

– Toque, outra vez! – exclama o príncipe. – O que me diz agora? – pergunta a seu adversário.

– Tocou-me... Eu reconheço – admite Laertes.

– Nosso filho vai ganhar, Gertrudes – o rei finge comemorar.

– Ele está suado e sem fôlego – diz a rainha, preocupada com o filho. E comenta, falando baixinho: – Parece destreinado! Estranho que esteja em vantagem...

Gertrudes tira um lenço preso ao vestido e chama o filho, para secar-lhe o suor da testa. Entrega o fino tecido ao príncipe, que enxuga o rosto e o devolve para a mãe. Na volta para o trono, a rainha pega na mesa a taça destinada ao filho:

– Um brinde à sua sorte, Hamlet! – ela diz, erguendo o cálice.

– Muita gentileza... – o príncipe agradece.

– Gertrudes, não beba! – avisa o rei, temeroso pelo gesto da rainha.

– Vou beber, meu senhor, perdoe-me... – ela se desculpa, e bebe o vinho até a metade.

Cláudio se desespera:

– A taça envenenada! – murmura. E lamenta-se: – Agora é tarde demais!

Sem se dar conta da tragédia, a rainha oferece a taça a Hamlet, que a rejeita mais uma vez, querendo vencer outro assalto antes de comemorar. Gertrudes pede, então, que a deixe enxugar seu rosto novamente. Aproxima-se dele e, enquanto passa o lenço por sua face, mãe e filho se olham profunda e ternamente.

Enquanto isso, Laertes vai até o rei:

– Vou acertá-lo agora, meu senhor.

– Não acredito – responde Cláudio, desiludido com o desempenho de Laertes.

– Vou acertá-lo, embora faça isso quase contra a minha consciência – lamenta Laertes.

Hamlet volta ao centro do salão e provoca Laertes:

– Vamos, Laertes, ao terceiro assalto! Ataque-me com toda sua força. Receio que não esteja me levando a sério.

– Acha mesmo? Então verá! – retruca Laertes.

Os dois iniciam o terceiro assalto. Lutam cada vez com mais empenho, destreza, risco e violência. Os dois se engalfinham e são separados por Osric:

– Nada, nenhum toque de nenhum dos lados... – anuncia, apartando-os.

Por um instante, Hamlet dá as costas a Laertes, para falar com Horácio sobre o seu desempenho e tática. Laertes aproveita a ocasião para, inesperada e traiçoeiramente, desfechar um golpe contra o ombro de Hamlet, ferindo-o levemente, mas o suficiente para tirar-lhe sangue e, portanto, envenená-lo.

Sem nada comentar, Hamlet se volta novamente para Laertes, enxergando seu ódio e também seu temor. Percebe, apenas agora, que não se trata de um encontro amistoso, como pensava, mas sim de um duelo de vida ou morte. Suspeita, ainda, pela dor que sente no ferimento. "Será que sua espada está envenenada?", pensa Hamlet.

Silencioso e absolutamente decidido, Hamlet parte para cima de Laertes. Os dois duelam violentamente, trocando golpes fortes e perigosos. No auge da luta, Hamlet, com extrema agilidade, aplica um golpe sublime, arrancando a espada de Laertes, que vê seu florete cair no chão. Quando Laertes tenta recuperá-lo, Hamlet põe um dos pés sobre a lâmina, impedindo-o. Os dois se olham, Laertes desesperado e Hamlet calculista.

– Separem-nos! Eles estão furiosos! – ordena Cláudio, tentando impedir que Hamlet fira Laertes com a espada envenenada.

– Não! – grita o príncipe, enfurecido. – Iremos continuar.

O príncipe, num gesto de gentileza, oferece a sua espada ao adversário. Laertes se sente compelido a aceitar a chance que Hamlet lhe dá. Hamlet pega a espada de Laertes e concretiza a troca, afastando-se.

Os dois voltam a lutar e, em sua primeira investida, o príncipe acerta Laertes, ferindo-o profundamente. Imobilizado, Laertes deixa a espada cair, entregando o combate.

Entretanto, antes que um dos dois pronunciasse qualquer palavra, as atenções voltam-se para a rainha, que acaba de cair ao lado do trono.

– Socorram a rainha! – grita Osric para a plateia.

Horácio mostra-se preocupado com Hamlet, que ainda sangra no ombro. Osric vai até Laertes, para tentar socorrê-lo.

– Fui laçado em minha própria armadilha – lamenta-se Laertes, arrependido. – Morrerei, com toda a justiça desse mundo cruel, por culpa da minha infame traição!

– Como está a rainha? – pergunta Hamlet, muito aflito.

– Ela está bem – o rei mente. – Desmaiou quando os viu ensanguentados... – tenta justificar, querendo desviar as atenções do verdadeiro motivo que a fez cair.

Mas a rainha, num derradeiro e agonizante esforço, desmente Cláudio e revela o que aconteceu:

– Não, não foi isso... Foi a bebida, a bebida! Oh, meu querido Hamlet, o vinho... Fui envenenada! – consegue sussurrar, antes de morrer.

– Infâmia! – desespera-se Hamlet. – Tranquem as portas! – ordena o príncipe. – Traição! Traição! Procurem o traidor!

O salão ferve, os nobres estão em polvorosa. Ninguém sabe o que fazer. Ninguém entende o que se passa. É Laertes quem oferece uma explicação:

– Hamlet, Hamlet – ele chama o príncipe, arrastando-se em sua direção. – Você está morto, Hamlet! Nenhum remédio no mundo poderá salvá-lo... Não lhe resta meia hora de vida! O instrumento da traição está em suas mãos, agudo e envenenado – Laertes aponta para o seu florete. – A infame maquinação voltou-se contra mim! Olhe-me aqui caído... Para jamais me levantar! Sua mãe foi mesmo envenenada! E o culpado leva uma coroa na cabeça! – ele acusa enquanto todos olham para Cláudio: – O rei é o culpado!

Indignado, Hamlet se sente, enfim, preparado para cumprir a sua vingança:

– Veneno – vocifera para a ponta da espada –, termina a sua obra! – grita, partindo para cima do tio.

Hamlet enfia a lâmina no rei, enquanto todos gritam, em uma só voz, pelo salão:

– Traição! Traição!

– Defendam-me, amigos! Estou apenas ferido... – o rei tenta sua última cartada, em vão.

– Rei maldito, assassino! – diz Hamlet, cara a cara sobre o rei caído. – Incestuoso dinamarquês do inferno! – ele xinga, enquanto pega a taça envenenada. – Vamos, beba... Acabe esta poção! – ordena o príncipe, derramando a bebida sobre os lábios de Cláudio. – Engula sua pérola!

Hamlet completa sua vingança fincando a espada envenenada uma vez mais no corpo do rei.

Assistindo ao desfecho, Laertes ainda comenta, estirado chão:

– Teve o que merecia... Morreu com o veneno que ele mesmo preparou! Vamos nos perdoar mutuamente, meu caro príncipe... Troque o seu perdão com o meu! Que a minha morte e a de meu pai não caiam sobre você... E nem recaia a sua sobre mim!

Laertes morre. Hamlet se senta em meio ao terrificante cenário e absolve Laertes, dizendo que vai segui-lo. Chama Horácio e lhe diz que está morto. Depois, dirige-se a todos:

– Vocês estão pálidos e trêmulos diante deste drama, e são apenas comparsas ou meros espectadores de tudo isso... Se me sobrasse tempo, eu lhes contaria a história completa, mas... Seja o que há de ser! – sentencia. Voltando-se para Horácio, suplica: – Meu caro amigo, estou morto, mas você vive... Conte ao mundo, ou a quem duvide, quem fui eu e qual foi a minha causa. Seja-me fiel, meu bom Horácio.

Profundamente abatido, Horácio diz que não poderá cumprir seu pedido. Pega o cálice, certifica-se de que haja bebida suficiente para levá-lo à morte, junto com o amigo. Hamlet, no entanto, levanta-se, num último esforço, arranca a taça das mãos de Horácio e atira-a longe. Em seguida, tomba para trás. Horácio o ampara.

– Oh, Horácio, se um dia me teve em seu coração, por

favor, renuncie por mais algum tempo à felicidade de morrer neste mundo cruel e cheio de dor... Faça isso ao menos para contar a minha história! – pede-lhe Hamlet.

Nesse instante, ouve-se o rumor de soldados marchando a distância. Logo depois, vários disparos de artilharia. Osric sai para averiguar o que acontece.

– O que são esses barulhos guerreiros? – indaga Hamlet.

Osric retorna e anuncia que o jovem príncipe Fortimbrás, da Noruega, acaba de chegar da Polônia, vitorioso. A salva de canhões era uma homenagem de Fortimbrás aos embaixadores do rei inglês, os quais, coincidentemente, também acabavam de regressar de sua missão.

– Ai, Horácio, estou morrendo... O poderoso veneno domina o meu espírito e triunfa sobre a minha vida – lamenta-se Hamlet. – Não viverei para ouvir as notícias da Inglaterra, mas profetizo que Fortimbrás será o novo rei.

Estando Cláudio morto, Hamlet é agora, por direito e de fato, rei da Dinamarca. No entanto, morrendo Hamlet e não deixando herdeiros ao trono, tem o direito de indicar um sucessor, encaminhando o seu voto.

– Fortimbrás tem o meu voto agonizante – Hamlet orienta Horácio. – Conte isso a esse jovem que, como eu, também busca vingar o pai... Oh, cruel destino! Relate a ele todas as ocorrências, sem exceção, tudo que me impulsionou... – Hamlet para de falar, perdendo as forças. Emite um profundo suspiro e pronuncia suas últimas palavras: – O resto é silêncio!

Horácio acolhe o fiel amigo nos braços e chora a sua morte:

– Assim estala um nobre coração! Boa noite, amado príncipe... Que revoadas de anjos o acompanhem, cantando, ao seu repouso eterno!

Ouve-se o som crescente de uma marcha, anunciando a chegada de Fortimbrás e de um dos embaixadores da Inglaterra. Rufam tambores e desfraldam-se bandeiras dos dois países visitantes.

– Onde é o espetáculo? – pergunta o príncipe norueguês ao entrar no salão.

– O que procura? – retruca Horácio, levantando-se. – Se é um quadro de horror e infelicidade, cesse a busca imediatamente! – Uma pilha de cadáveres! Isso é um grito de extermínio! – espanta-se Fortimbrás. – Que festa sinistra ocorreu aqui para que tenha derrubado tantos príncipes num só golpe sanguinário?

Igualmente horrorizado, o embaixador inglês observa a cena sombria. Pergunta a quem deverá informar as notícias que traz da Inglaterra, já que os ouvidos do rei estão definitivamente insensíveis.

– Rosencrantz e Guildenstern estão mortos! De quem receberemos nossos agradecimentos? – pergunta o oficial inglês.

– Não seria da boca do rei, que jamais deu ordens para que fossem mortos... – informa Horácio.

Em seguida, o fiel amigo de Hamlet pede ao príncipe norueguês que oriente para que os corpos sejam colocados à vista do povo, num estrado elevado. E que permita que ele, Horácio, relate ao mundo como tudo aconteceu:

– Ouvirão falar de atos carnais e incestuosos, sanguinários e monstruosos... De julgamentos precipitados, de assassinatos casuais e mortes instigadas por astúcia e por perversas maquinações, além de violentas e inevitáveis execuções... – Horácio perfila os crimes e barbáries cometidos na corte dinamarquesa nos últimos meses. – E, para arrematar, o mundo saberá de conspirações mal consumadas e frustradas, que recaíram sobre a cabeça de quem as tramou! Eu lhes asseguro, senhores, farei o mais fiel relato e direi a verdade mais completa que poderão ouvir!

Plenamente de acordo, Fortimbrás promete a imediata convocação de toda a nobreza para tal audiência.

– Quanto a mim – diz Fortimbrás –, é com imensa tristeza que abraço a minha sorte. Tenho sobre este reino alguns direitos dos quais não me esqueci e creio ser esta a ocasião propícia para reivindicá-los!

– Disso eu também tenho muito o que falar, em nome de alguém cuja voz arrastará outras com ela – diz Horácio, referindo-se ao voto agonizante de Hamlet, que indicou o nome do príncipe da Noruega para o trono da Dinamarca. Horácio pede, então, que os esclarecimentos sejam feitos enquanto os ânimos ainda estão perplexos e os espíritos perturbados. E alerta: – Precisamos correr, antes que novos enganos e intrigas façam surgir novas desgraças!

Assumindo as responsabilidades que o momento exige, Fortimbrás ordena:

– Que quatro capitães conduzam o corpo de Hamlet, levando-o como soldado ao mais alto palanque, para exposição ao povo dinamarquês. É evidente que se Hamlet houvesse reinado, teria sido um grande rei! – afirma Fortimbrás. – Que a música marcial e os ritos guerreiros falem por ele! Levem os corpos... O que vemos agora ficaria melhor em campo de batalha, não aqui... Soldados: disparem!

Os soldados da guarda real retiram-se, carregando os corpos ao som de uma marcha fúnebre, que ecoa por todo o Kronborg. Após a saída, ouvem-se salvas de canhões em cada canto da cidade de Elsinor. A Dinamarca está de luto!

QUEM É LEONARDO CHIANCA?

Nascido em São Paulo, em 1960, Leonardo escreve textos de ficção para crianças, jovens e adultos. Dentre os títulos infantis destacam-se *O menino e o pássaro* (Scipione, 1992), seu primeiro livro, *Jonas e o mundo secreto das tartarugas* (RHJ) e a coleção Retratos de Família, paradidático de História e Geografia (Ática), da qual é coautor. Quanto aos livros juvenis, publicou em parceria, pela Scipione, o romance *Nosso filme*; pela Atual publicou *Tia Marita, escrevi um livro!*, entre outros. Pela Reencontro literatura adaptou *Romeu e Julieta* e *Muito barulho por nada*, também de Shakespeare. Executou trabalhos diversos como roteirista de audiovisual, rádio, vídeo, cinema, além de atuar como editor.

"As possibilidades do universo do texto são infindáveis", lembra-nos Chianca. "Parafraseando o jovem príncipe, 'há mais coisas no céu e na terra do que jamais sonhou a nossa filosofia', o que nos desafia à criatividade, à busca e ao desvendar de novos caminhos: 'Ser ou não ser, eis a questão!'"